Paulus, Knecht Christi Jesu,
berufen zum Apostel,
auserwählt, das Evangelium
Gottes zu verkündigen.

Römer 1

PAULUS

und die Anfänge des Christentums

Leben und Briefe in Bildern

Herausgegeben von Pat Alexander
mit Fotos von Sonia Halliday und Laura Lushington

R. BROCKHAUS VERLAG WUPPERTAL

Fotos: Sonia Halliday und Laura Lushington,
außer den folgenden:
Sonia Halliday Photographs: F. H. C. Birch, S. 11, 45;
Sister Daniel, S. 70 – 71; Pru Grice, S. 14 – 15;
Barry Searle, British Museum, S. 36 – 37;
Lion Publishing: David Alexander, S. 18 – 19, 28, 40 – 41

Satz: vom Schemm & Müller GmbH, Solingen
Gesamtherstellung bei
Mateu Cromo Artes Gráficas S.A., Pinto, Spanien

ISBN 3-417-12502-2

Inhalt

Der Herr aber sprach: . . . dieser Mann ist mein auserwähltes Werkzeug: Er soll meinen Namen vor Völker und Könige und die Söhne Israels tragen. Ich werde ihm auch zeigen, wie viel er für meinen Namen leiden muß.

Apostelgeschichte 9

Paulus unterwegs

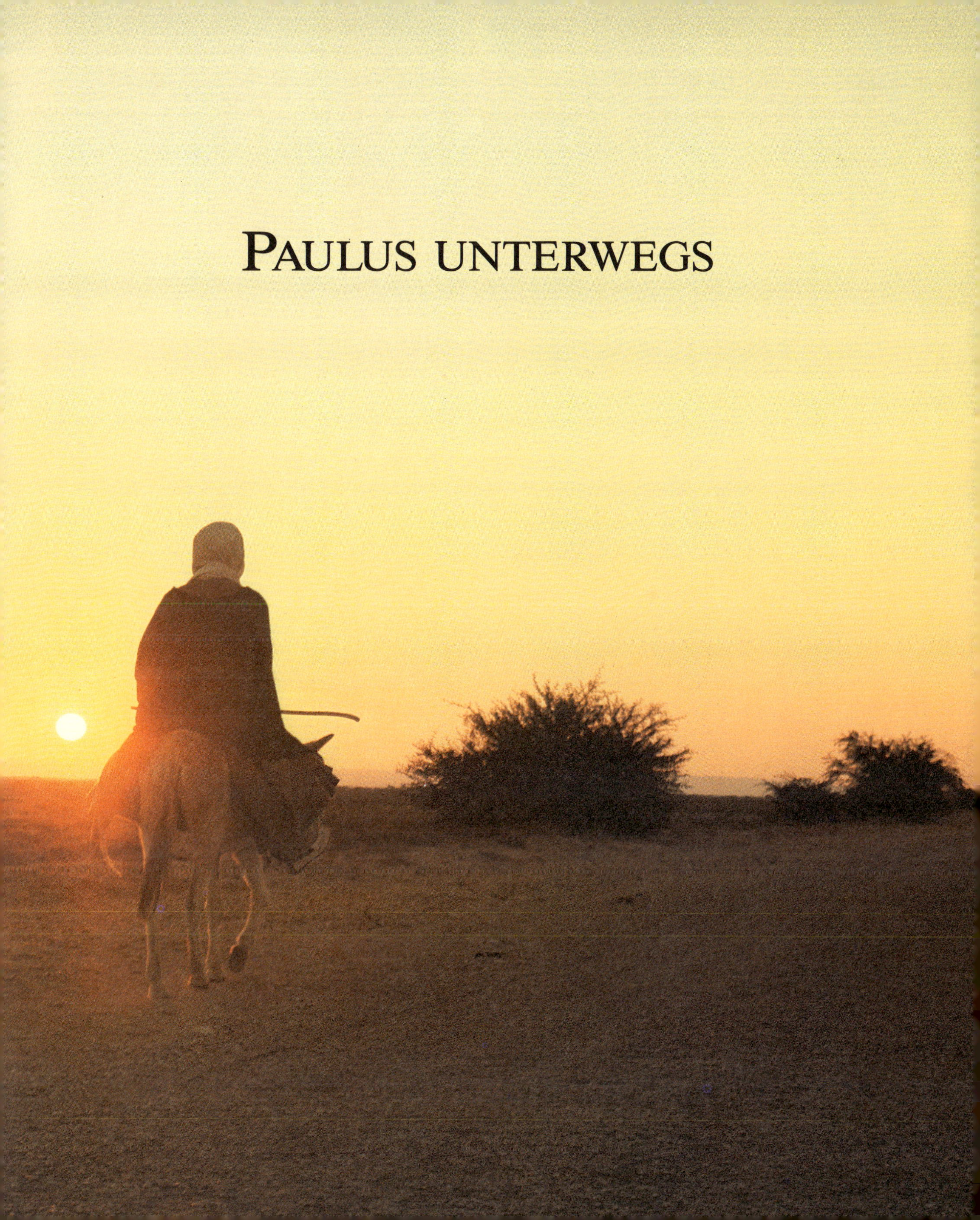

Ein Jude aus Tarsus

Vor fast 2000 Jahren stand ein Gefangener mit Namen Paulus, der über Jesus gepredigt hatte, auf den Stufen der römischen Kaserne in Jerusalem und verteidigte sich vor einer aufgebrachten Menge. Er begann mit den Worten: »Ich bin ein Jude, in Tarsus geboren.«
Der Arzt Lukas schrieb einen sorgfältigen Bericht über die dramatische Bekehrung des Paulus zum christlichen Glauben und über sein ereignisreiches Leben. Außerdem sind 13 Briefe von Paulus erhalten. So können wir diesem bemerkenswerten Mann heute in der Bibel begegnen.

Paulus lebte im ersten Jahrhundert nach Christus. Die Welt, die er kannte, stand unter römischer Herrschaft und war geprägt von der griechischen Kultur. Seine und unsere Welt haben vieles gemeinsam. Beide sehnen sich nach einem neuen Leben. Paulus verkündigte es — ein neues Leben durch Jesus Christus, das die Menschen aus Hoffnungslosigkeit und Resignation führt.
Paulus brachte seine Botschaft zu Juden und Nichtjuden, zu den Athenern und Korinthern und sogar zu den Römern. Einige nahmen sie bereitwillig auf, andere lehnten sie heftig ab. Wer war nun dieser Mann? Ein Jude, der auch zu Nichtjuden gesandt wurde. Ein freier römischer Bürger. Ein von Gott auserwählter Mann für seine Zeit. Doch lassen wir ihn für sich selbst sprechen . . .

Ich bin ein Jude aus Tarsus in Zilizien, aber aufgewachsen hier in Jerusalem. Mein Lehrer war Gamaliel. Er prägte mir das Gesetz unserer Vorfahren genau ein, und ich trat ebenso leidenschaftlich für den Gott Israels ein, wie ihr es heute tut.
Apostelgeschichte 22

Ich wurde beschnitten, als ich eine Woche alt war. Ich bin von Geburt ein Israelit aus dem Stamm Benjamin, ein Hebräer von reinster Abstammung. Was die Stellung zum Gesetz angeht, gehörte ich zur strengen Richtung der Pharisäer.
Philipper 3

Auch heute noch rumpeln die Fahrzeuge durch das antike Tor von Tarsus, der Stadt, in der Paulus geboren wurde.

MORD-
GEDANKEN

Paulus (sein jüdischer Name war Saulus) hatte sein Leben Gott zur Verfügung gestellt und sich schon von frühester Jugend an verpflichtet, das jüdische Gesetz bis in seine kleinsten Einzelvorschriften zu erfüllen. Die Nachfolger Jesu sah er als Gotteslästerer an.
Zwei oder drei Jahre vorher waren die jüdischen religiösen Führer überzeugt gewesen, mit dem ganzen Ärgernis um den Galiläer fertiggeworden zu sein — Jesus war am Kreuz hingerichtet worden. Seine Anhänger behaupteten aber, sie hätten ihn drei Tage später lebend wiedergesehen. Gott hatte ihn von den Toten auferweckt!
Nach sechs Wochen verkündeten sie öffentlich, daß »dieser Jesus, den ihr gekreuzigt habt, von Gott zum Herrn und Messias gemacht ist«. Tausende folgten dem Aufruf der Apostel: »Jeder von euch lasse sich taufen auf den Namen Jesus Christus, damit euch eure Sünden vergeben werden; und ihr werdet Gottes Geschenk, den Heiligen Geist, empfangen.« Paulus war wütend. Daraufhin erhielt der jüdische Rat die Nachricht, daß einer der Anhänger Jesu mit Namen Stephanus verkündigte: »Jesus von Nazareth wird den Tempel niederreißen und alle Gebote, die uns von Mose überliefert sind, umstürzen.« Diese Anklage war falsch, doch Stephanus mußte vor Gericht erscheinen . . .

Bei seinen Worten gerieten die Mitglieder des jüdischen Rates über Stephanus in solche Wut, daß sie mit den Zähnen knirschten. Stephanus aber blickte zum Himmel empor, vom Geist Gottes erfüllt. Dort sah er Gott in seiner Herrlichkeit und Jesus an seiner rechten Seite und rief: »Ich sehe den Himmel offen, und an der rechten Seite Gottes steht der Menschensohn!« Als sie das hörten, schrien sie laut und hielten sich die Ohren zu. Alle miteinander stürzten sich auf ihn und schleppten ihn vor

Paulus gesteht:

Ich selbst meinte, ich müßte den Namen Jesu, des Nazoräers, heftig bekämpfen. Das habe ich in Jerusalem auch getan: Ich ließ mir von den Hohenpriestern Vollmacht geben und sperrte viele der Heiligen ins Gefängnis; und wenn sie hingerichtet werden sollten, stimmte ich dafür. Und in allen Synagogen habe ich oft versucht, sie durch Strafen zur Lästerung zu zwingen; in maßloser Wut habe ich sie sogar bis in Städte außerhalb des Landes verfolgt.

Apostelgeschichte 26

die Stadt, um ihn zu steinigen. Die Zeugen, die zuerst einen Stein auf ihn zu werfen hatten, legten ihre Oberkleider vor einem jungen Mann namens Saulus ab, damit er sie bewachte. Während sie ihn steinigten, betete Stephanus: »Herr Jesus, nimm meinen Geist auf!« Dann kniete er nieder und rief laut: »Herr, strafe sie nicht für diese Schuld!« Mit diesen Worten starb er.

Saulus aber war völlig einverstanden mit dieser Hinrichtung.

An diesem Tag begann für die Christen in Jerusalem eine harte Verfolgung. Mit Ausnahme der Apostel flohen alle nach Judäa und Samarien. Ein paar fromme Männer begruben Stephanus und hielten eine große Totenklage für ihn.

Saulus aber wollte die Gemeinde des Herrn vernichten. Er durchsuchte die Häuser und ließ Männer und Frauen ins Gefängnis werfen . . .

Unterdessen ging Saulus noch immer heftig gegen die Jünger des Herrn vor und tat alles, um sie auszurotten. Er ließ sich vom Obersten Priester Empfehlungsbriefe an die jüdische Gemeinde in Damaskus geben. Auch dort wollte er nach Anhängern des neuen Glaubens suchen und sie gefangen nach Jerusalem bringen, Männer wie Frauen.
Apostelgeschichte 7—9

Jerusalem! Hier starb Stephanus, und hier begann Paulus, die Christen zu verfolgen.

PAULUS BEGEGNET JESUS

Paulus war auf dem Weg nach Damaskus, der syrischen Hauptstadt. Er hatte Mordgedanken, als die Ereignisse eine Wendung nahmen, an die er in seinen kühnsten Träumen nicht gedacht hatte.

Auf dem Weg nach Damaskus, kurz vor der Stadt, umstrahlte ihn plötzlich ein Licht vom Himmel. Er stürzte zu Boden und hörte eine Stimme: »Saul, Saul, warum verfolgst du mich?« »Wer bist du, Herr?« fragte er. »Ich bin Jesus, den du verfolgst«, sagte die Stimme. »Doch nun steh auf und geh in die Stadt! Dort wirst du erfahren, was du tun sollst.«

Den Männern, die Saulus begleiteten, verschlug es die Sprache. Sie hörten zwar die Stimme, aber sie sahen niemand. Als Saulus aufstand und die Augen öffnete, konnte er nicht mehr sehen. Da nahmen sie ihn an der Hand und führten ihn nach Damaskus. Drei Tage lang war er blind. Während dieser Zeit aß und trank er nichts.

In Damaskus lebte ein Jünger Jesu namens Hananias. Dem erschien der Herr und sagte: »Hananias!« »Ja, Herr«, antwortete er. Der Herr sagte: »Geh in die Gerade Straße in das Haus von Judas, und frage nach Saulus aus Tarsus. Er ist dort und betet. In einer Vision hat er gesehen, wie ein Mann namens Hananias zu ihm kommt und ihm die Hände auf-

legt, damit er wieder sehen kann.« Hananias antwortete: »Herr, ich habe von vielen Seiten gehört, wie dieser Mann deine Anhänger in Jerusalem grausam verfolgt hat. Er ist mit der Vollmacht der führenden Priester nach Damaskus gekommen und will alle verhaften, die sich zu deinem Namen bekennen.« Der Herr sagte zu ihm: »Geh unbesorgt hin, ich habe ihn als mein Werkzeug ausgesucht. Er soll meinen Namen den nichtjüdischen Völkern und ihren Herrschern bekanntmachen und auch dem Volk Israel. Und ich werde ihm zeigen, wieviel er für mich leiden muß.«

Da ging Hananias in jenes Haus und legte Saulus die Hände auf. »Bruder Saul«, sagte er, »der Herr hat mich geschickt — Jesus selbst, der dir unterwegs erschienen ist. Du sollst wieder sehen können und mit dem heiligen Geist erfüllt werden.« Im selben Augenblick fiel es Saulus wie Schuppen von den Augen, und er konnte wieder sehen. Er stand auf und ließ sich taufen. Dann aß er etwas und kam wieder zu Kräften.

Apostelgeschichte 9

Der Wendepunkt

Als ich nun unterwegs war und mich Damaskus näherte, da geschah es, daß mich um die Mittagszeit plötzlich vom Himmel her ein helles Licht umstrahlte. Ich stürzte zu Boden und hörte eine Stimme zu mir sagen: Saul, Saul, warum verfolgst du mich? Ich antwortete: Wer bist du, Herr? Er sagte zu mir: Ich bin Jesus, der Nazoräer, den du verfolgst. Meine Begleiter sahen zwar das Licht, die Stimme dessen aber, der zu mir sprach, hörten sie nicht. Ich sagte: Herr, was soll ich tun? Der Herr antwortete: Steh auf und geh nach Damaskus, dort wird dir alles gesagt werden, was du nach Gottes Willen tun sollst.

Apostelgeschichte 22

Paulus wird Apostel

Die Begegnung mit Jesus kehrte das Leben des Paulus völlig um. Seine Energie, mit der er bisher die Anhänger Jesu grausam verfolgt hatte, richtete sich nun auf ein neues Ziel.

Er begab sich nach Damaskus zu den Juden, die seine Ankunft erwarteten, und bezeugte ihnen seinen neu gefundenen Glauben an Jesus als den Messias, Gottes lang verheißenen Retter.

Aber er brauchte Zeit, um über das Geschehene und seine Bedeutung nachzudenken. So ging er nach Arabien, um dort mit Gott allein zu sein.

Nach seiner Rückkehr nach Damaskus bekam er Schwierigkeiten mit den Juden, weil er so freimütig über Jesus gepredigt hatte. Er mußte auf eine abenteuerliche Art fliehen: In der Nacht wurde er in einem Korb an der Stadtmauer herabgelassen. Von dort ging er nach Jerusalem zur Gemeinde der Christen und predigte in der Stadt von Jesus, dem Sohn Gottes. Als die Christen merkten, daß sein Leben in Gefahr war, nahmen sie ihn mit nach Cäsarea und brachten ihn auf ein Schiff, daß zu seiner Heimatstadt Tarsus fuhr.

Das eine müßt ihr wissen, Brüder: Die Gute Nachricht, die ich verkünde, ist nicht von Menschen erdacht. Ich jedenfalls habe sie nicht von Menschen übernommen oder gelernt. Jesus Christus ist mir erschienen und hat sie mir anvertraut . . .

Aber dann hat Gott mich seinen Sohn sehen lassen, damit ich ihn überall unter den Völkern bekannt mache. Dazu hatte er mich schon vor meiner Geburt bestimmt, und so berief er mich in seiner Gnade zu seinem Dienst. Als das geschah, besann ich mich nicht lange und fragte keinen Menschen um Rat. Ich ging auch nicht nach Jerusalem zu denen, die vor mir Apostel waren, sondern begab mich nach Arabien und kehrte von dort wieder nach Damaskus zurück. Erst drei Jahre später reiste ich nach Jerusalem, um Petrus kennenzulernen, und blieb zwei Wochen bei ihm. Von den anderen Aposteln sah ich nur Jakobus, den Bruder des Herrn . . .

Dann ging ich nach Syrien und Zilizien. Die christlichen Gemeinden in Judäa kannten mich persönlich nicht. Sie hatten nur gehört: »Der Mann, der uns verfolgte, verkündet jetzt den Glauben, den er früher ausrotten wollte!« Darum dankten sie Gott dafür, daß er dies an mir bewirkt hatte.
Galater 1

Abseits der großen Stadt Damaskus suchte Paulus »in Arabien« die Stille, um über seinen neugefundenen Glauben nachzudenken.

DIE ERSTE GROSSE AUFGABE

Das Neue Testament schweigt über die Jahre, die der Rückkehr von Paulus nach Tarsus folgten. Elf Jahre blieb er in seiner Heimatstadt und ihrer Umgebung. Tarsus lag in der zilizischen Ebene, an der Südküste der heutigen Türkei, und war mit seinen 500 000 Einwohnern eine bedeutende Stadt. Sie hatte eine eigene Universität, wo sich Ost und West begegneten.

Wir können nur spekulieren, wie die stolze und angesehene Famile des Paulus auf seinen neuen Glauben reagierte. Er war nicht jemand, der über eine solche Sache schwieg, und so ist es wahrscheinlich, daß diese elf Jahre schwer für ihn waren. »Um Christi willen«, so wird Paulus später schreiben, »habe ich alles aufgegeben«, nämlich alle Vorteile, die er durch seine Abstammung und seine Erziehung gehabt hatte.

Während er lernen mußte, Leiden zu ertragen, bereitete ihn Gott auf die nächste große Veränderung in seinem Leben vor.

Die Gemeinde in Antiochia

Die Christen, die in der Verfolgungszeit nach der Ermordung von Stephanus aus Jerusalem geflohen waren, kamen zum Teil bis nach Phönizien, Zypern und Antiochia. Sie verbreiteten die Botschaft von Jesus zunächst nur unter den Juden. Aber einige von ihnen, die aus Zypern und Zyrene stammten, kamen nach Antiochia und verkündeten dort auch den Nichtjuden die Gute Nachricht von Jesus. Gott stand ihnen zur Seite, so daß viele Menschen Jesus als ihren Herrn annahmen.

Die Gemeinde in Jerusalem hörte davon und schickte Barnabas nach Antiochia. Als er hinkam und sah, was Gott in seiner großen Güte dort gewirkt hatte, freute er sich und ermahnte die Glaubenden, an ihrem Vorsatz festzuhalten und dem Herrn treu zu bleiben.

Denn Barnabas war ein tüchtiger Mann, erfüllt mit dem heiligen Geist und mit lebendigem Glauben. So kam es, daß noch mehr Menschen sich der Gemeinde anschlos-

sen und Jesus als Herrn annahmen.

Barnabas aber ging nach Tarsus, um Saulus zu suchen; und als er ihn gefunden hatte, nahm er ihn mit nach Antiochia. Ein ganzes Jahr lang wirkten beide gemeinsam in der Gemeinde. Hier in Antiochia kam zuerst die Bezeichnung Christen für die Anhänger Jesu auf...

In der Gemeinde von Antiochia gab es eine Reihe von Propheten und Lehrern: neben Barnabas waren es Simeon der Afrikaner, Luzius von Zyrene, Manaën, der zusammen mit Herodes erzogen worden war, und Saulus. Als sie einmal einige Zeit mit Fasten und Beten zubrachten, sagte ihnen der heilige Geist: »Gebt mir Barnabas und Saulus für die besondere Aufgabe frei, zu der ich sie berufen habe!« Nach einer weiteren Zeit des Fastens und Betens legten sie den beiden die Hände auf und sandten sie aus.

Apostelgeschichte 11 und 13

Berufen zum Dienen

Gott hat mich schon im Mutterleib auserwählt und durch seine Gnade berufen, damit ich seinen Sohn unter den Heiden verkündige.

Galater 1

Antiochia ist auch heute noch eine geschäftige Stadt. Es liegt am Fluß Orontes und hatte zur Zeit des Paulus einen eigenen Hafen. Antiochia war Hauptstadt der römischen Provinz Syria und die drittgrößte Stadt des Römischen Reiches. Hier wurden die Menschen, die Jesus folgten, zum erstenmal »Christen« genannt, was soviel hieß wie »Parteigänger des Christus« und als Schimpfwort gemeint war.

EIN LICHT FÜR DIE VÖLKER

Paulus und Barnabas fuhren mit dem Schiff nach Zypern, Barnabas' Heimat. Als Begleiter wählten sie Johannes Markus, einen jungen Vetter von Barnabas, nach dem das Markusevangelium benannt ist.
Nach einer dramatischen Begegnung mit dem römischen Statthalter der Insel und dem Magier Elymas setzten sie ihre Reise fort und segelten hinüber ans türkische Festland. Bei Perge verließ Johannes Markus sie — eine »Fahnenflucht«, die Paulus ihm nur schwer vergeben konnte.
Nach einer Wanderung von mehreren Tagen über rauhe Bergpfade erreichten sie Antiochia in Pisidien. Am Sabbat wurde Paulus dort in der jüdischen Synagoge nach den üblichen Lesungen aufgefordert, zu sprechen. Er stand auf und richtete das Wort an seine jüdischen Glaubensgenossen und an »alle anderen hier, die Gott verehren«. Sehr bald kam er zur Hauptsache ...

»Laßt euch also sagen, Brüder, daß euch durch diesen Jesus die Vergebung eurer Schuld angeboten wird. Unter dem Gesetz Moses konntet ihr nicht vor Gott bestehen; aber wenn ihr Jesus vertraut, wird eure ganze Schuld getilgt. Gebt also acht, daß sich nicht an euch erfüllt, was bei den Propheten vorhergesagt wird: »Seht euch vor, ihr Spötter, wundert euch und geht zugrunde! Denn zu euren Lebzeiten werde ich etwas tun — wenn es euch jemand erzählt, werdet ihr ihm nicht glauben.««

Beim Hinausgehen lud man Paulus und Barnabas ein, am folgenden Sabbat weiterzusprechen. Viele Juden und Leute, die zum Judentum übergetreten waren, schlossen sich nach dem Gottesdienst Paulus und Barnabas an. Die beiden ermahnten sie, unbeirrbar an dem Glauben festzuhalten, den Gott ihnen in seiner Gnade geschenkt hatte.

Am nächsten Sabbat kamen fast alle Bewohner der Stadt in die Synagoge, um die Botschaft von Jesus zu hören. Als die Juden den Andrang sahen, wurden sie wütend. Sie widersprachen Paulus und beschimpften ihn. Paulus und Barnabas aber sagten ihnen deutlich und offen: »Euch mußte als ersten die Botschaft Gottes verkündet werden. Aber weil ihr nichts davon wissen wollt und euch damit selbst um das ewige Leben bringt, wenden wir uns jetzt an die Nichtjuden. Der Herr hat uns das befohlen; denn er sagt: ›Ich mache euch zum Licht für die anderen Völker, damit alle bis ans Ende der Erde durch euch meine rettende Hilfe erfahren.‹ «

Als die Nichtjuden das hörten, freuten sie sich und dankten Gott für seine rettende Botschaft. Alle, die für das ewige Leben bestimmt waren, kamen zum Glauben.

Die Botschaft Gottes verbreitete sich in der ganzen Gegend. Aber die Juden hetzten vornehme Frauen, die sich zur jüdischen Gemeinde hielten, und die führenden Männer der Stadt gegen Paulus und Barnabas auf. Die beiden wurden aus der Stadt ausgewiesen und mußten die Gegend verlassen. Vor der Stadt schüttelten sie den Staub von ihren Füßen und gingen nach Ikonion.
Apostelgeschichte 13

Paulus und seine Freunde reisten auf dem Landweg und übers Meer, um die Gute Nachricht von Jesus Christus nach Zypern, in die Türkei und nach Griechenland zu bringen. Dabei kamen sie auch an den Hafen Neapolis (heute Kawala) in Nordgriechenland.

ΣΙΓΑΡΕΤΤΑ

Ein Stier für Zeus

Immer wieder geschah das gleiche. Wenn Paulus und Barnabas in eine neue Stadt gekommen waren, gingen sie in die Synagoge und predigten den Juden und den anwesenden Griechen. Die Reaktionen waren sehr verschieden. Einige nahmen die Gute Nachricht mit Freude auf. Doch früher oder später begannen einige Juden, denen die Tradition das Wichtigste war, wütende Auseinandersetzungen mit den beiden Aposteln und beschimpften sie. Obwohl Paulus und Barnabas die ablehnende Haltung dieser Juden besonders schmerzte, wandten sie sich nunmehr an die bereitwillig zuhörenden Griechen.
Die Ereignisse von Antiochia wiederholten sich in Ikonion, wo die beiden Apostel nur knapp einer Steinigung entgingen. Sie flohen in die Städte Lystra und Derbe, um dort die Gute Nachricht vom Frieden mit Gott durch seinen Sohn weiterzusagen. Hier trafen sie auf eine überraschende Reaktion der griechischen Bevölkerung.

In Lystra sahen Paulus und Barnabas einen Mann sitzen, der seit seiner Geburt gelähmt war. Seine Füße waren kraftlos; er hatte in seinem ganzen Leben noch keinen Schritt getan. Er hörte zu, wie Paulus sprach. Als dieser sah, daß der Mann das feste Vertrauen hatte, er könnte geheilt werden, sagte er laut: »Steh auf, stell dich aufrecht auf deine Beine!« Der Mann sprang auf und begann umherzugehen.

Als die Volksmenge sah, was Paulus getan hatte, riefen alle in ihrer lykaonischen Sprache: »Die Götter haben Menschengestalt angenommen und sind zu uns herabgestiegen!« Sie nannten Barnabas Zeus und Paulus Hermes, weil er das Wort geführt hatte. Der Priester

aus dem Zeus-Tempel vor der Stadt brachte Stiere und Blumenkränze ans Stadttor und wollte mit der Menge ein Opferfest zu Ehren der Apostel feiern.

Als Barnabas und Paulus merkten, was sie vorhatten, zerrissen sie entsetzt ihre Kleider, drängten sich unter die Menge und riefen: »Ihr Leute, was macht ihr da? Wir sind doch Menschen wie ihr! Wir wollen euch die Gute Nachricht bringen, damit ihr euch abwendet von den Göttern, die keine sind, und euch dem lebendigen Gott zuwendet — dem Gott, der Himmel, Erde, Meer und alles, was lebt, geschaffen hat. Früher hat er die Menschen ihre eigenen Wege gehen lassen. Aber er hat sich schon immer als euer Wohltäter gezeigt: Er gibt euch den Regen und läßt die Ernte reifen; er gibt euch zu essen und macht euch froh und glücklich.«

Nur mit Mühe konnten sie die Leute davon abhalten, ihnen Opfer darzubringen.
Apostelgeschichte 14

In Lystra wurden Paulus und Barnabas für Götter gehalten. Die Zeuspriester wollten ihnen zu Ehren ein Opferfest feiern, mit Stieren und Blumenkränzen. Die Bevölkerung war sehr offen für den christlichen Glauben, denn das Heidentum war im Niedergang begriffen. Trotzdem mußten Paulus und Barnabas auch mit Widerständen rechnen.

DIE FREIHEIT DER CHRISTEN

Juden aus Antiochia und Ikonion folgten Paulus nach Lystra. Dort steinigten sie ihn und ließen ihn liegen, da sie ihn für tot hielten. Doch er kam wieder zu Bewußtsein und wanderte zusammen mit Barnabas nach Derbe weiter. Von dort aus gingen sie den Weg zurück zur Küste.
Unterwegs kamen sie durch dieselben Städte wie auf dem Hinweg. In jeder Gemeinde ernannten sie Älteste, ermutigten die Christen und erklärten ihnen: »Wir müssen viel Schweres durchmachen, bevor wir in Gottes neue Welt kommen.«
In Antiochia gaben sie der Gemeinde einen ausführlichen Bericht über das, was Gott getan hatte und »daß er auch Nichtjuden die Tür zum Glauben geöffnet hatte«. Schließlich konnten sich Paulus und Barnabas bei ihren Freunden ausruhen. Aber nicht lange. Einige Christen in der Gemeinde bestanden darauf, daß die Gläubigen nichtjüdischer Herkunft sich beschneiden lassen und dem Gesetz des Moses gehorchen sollten. Bei einer Ältestenversammlung in Jerusalem wurde daraufhin ein Beschluß über die Freiheit der Christen gefaßt . . .

Nun kamen einige Christen aus Judäa nach Antiochia und erklärten den Brüdern: »Ihr könnt nicht gerettet werden, wenn ihr euch nicht beschneiden laßt, wie es das Gesetz Moses vorschreibt.« Mit dieser Forderung riefen sie eine große Unruhe in der Gemeinde hervor, und Paulus und Barnabas hatten eine heftige Auseinandersetzung mit ihnen. Schließlich wurde beschlossen, die beiden sollten mit einigen Christen aus Antiochia nach Jerusalem gehen und den Aposteln und Gemeindevorstehern die Streitfrage vorlegen . . .

Bei der Ankunft in Jerusalem wurden Paulus und Barnabas von der versammelten Gemeinde, den Aposteln und den Gemeindevorstehern herzlich begrüßt. Sie berichteten ihnen, was Gott durch sie unter den Nichtjuden getan hatte. Aber einige Pharisäer, die Christen geworden waren, meldeten Bedenken an: »Man muß sie beschneiden«, sagten sie, »und von ihnen fordern, daß sie das Gesetz Moses befolgen!«

Die Apostel und die Gemeindevorsteher traten zusammen, um vor der gesamten Gemeinde die Frage zu erörtern. Nach einer langen Diskussion stand Petrus auf und sagte: »Liebe Brüder! Wie ihr wißt, hat Gott mich als einen der Euren schon vor langer Zeit dazu ausersehen, daß Menschen aus anderen Völkern durch mich die Gute Nachricht hören

und Jesus als ihren Herrn annehmen. Und Gott, der die Herzen aller Menschen kennt, hat bestätigt, daß auch die Nichtjuden dessen würdig sind; denn er hat ihnen genauso seinen Geist gegeben wie uns. Durch den Glauben hat er sie im Innersten rein gemacht. Dadurch hat er den Unterschied zwischen ihnen und uns Juden beseitigt. Warum fordert ihr nun Gott heraus und legt ihnen eine Last auf, die weder unsere Vorfahren noch wir selbst tragen konnten? Wir sind doch genau wie sie darauf angewiesen, daß wir durch das Vertrauen auf die Gnade des Herrn Jesus gerettet werden.«

Aus der ganzen Versammlung kam kein Wort des Widerspruchs, und alle hörten aufmerksam zu, als Paulus und Barnabas von den wunderbaren Taten berichteten, die sie mit Gottes Hilfe unter den Nichtjuden vollbracht hatten. Als die beiden geendet hatten, stand Jakobus auf und sagte:

»Hört mir zu, liebe Brüder! Simon hat uns erzählt, wie Gott selbst eingegriffen hat, um sich aus den Nichtjuden ein Volk zu sammeln, das ihn ehrt. Das stimmt mit den Worten der Propheten überein . . .

Darum bin ich der Ansicht, wir sollten die Menschen aus anderen Völkern, die sich Gott zuwenden, nicht mit dem ganzen jüdischen Gesetz belasten. Wir wollen ihnen nur vorschreiben, daß sie kein Fleisch von Tieren essen, die als Opfer für die Götzen geschlachtet worden sind, denn es ist unrein; weiter sollen sie sich vor Blutschande hüten, kein Fleisch von erwürgten Tieren und kein Tierblut genießen. Diese Vorschriften Moses sind seit alten Zeiten in jeder Stadt bekannt; denn sie werden jeden Sabbat überall in den Synagogen vorgelesen.« . . .

Die beiden Abgesandten reisten zusammen mit Paulus und Barnabas nach Antiochia. Vor der versammelten Gemeinde übergaben sie den Brief. Als er vorgelesen wurde, freuten sich alle über den tröstlichen Bescheid.

Apostelgeschichte 15

In Jerusalem, wo die erste christliche Gemeinde entstanden war, tagte auch das erste Konzil. Es ging um die Frage, ob die Christen heidnischer Abstammung sich beschneiden lassen sollten und verpflichtet waren, das jüdische Gesetz zu halten. Der Beschluß lautete: Nein, alle Menschen sind als Christen durch ihren Glauben an Jesus gerettet und müssen nicht noch besondere Reinheitsvorschriften erfüllen.

PAULUS UND SEINE FREUNDE

Barnabas schlug vor, Markus auf die nächste Missionsreise wieder mitzunehmen. Doch Paulus hatte es immer noch nicht verwunden, daß Markus sie auf der ersten Reise verlassen hatte, und so kam es zu einer bitteren Auseinandersetzung. Sie endete damit, daß Paulus und Barnabas sich trennten und jeder seine eigenen Wege ging. Barnabas segelte nach Zypern, zusammen mit Markus, der sich von da an als treuer und zuverlässiger Mitarbeiter erwies. — Paulus reiste über Land, um die Gemeinden zu besuchen, die auf der ersten Reise gegründet worden waren. Er wählte Silas, einen der Leiter der Jerusalemer Gemeinde, als Reisegefährten. Zuerst wurden sie von Timotheus begleitet, später von Lukas, der den Verlauf der Ereignisse in seinem Buch über die Apostel aufschrieb.

Diese drei Freunde wurden zusammen mit Titus, einem weiteren nichtjüdischen Christen, Paulus' ständige Begleiter und zudem eine unschätzbare Unterstützung auch für die jungen, wachsenden Gemeinden.

In seinen Briefen erwähnt Paulus diese Freunde oft in einer Weise, die seine große Zuneigung und Dankbarkeit erkennen läßt.

Timotheus ersetzte mit seiner sensiblen, zurückhaltenden und gleichzeitig treuen und wahrhaftigen Art Paulus den Sohn, den er nie gehabt hatte.

Ein neuer Begleiter

Paulus kam über Derbe nach Lystra. Dort lebte ein Christ mit Namen Timotheus. Seine Mutter, selbst Christin, war jüdischer Herkunft, der Vater dagegen Grieche. Timotheus stand bei den Brüdern in Lystra und Ikonion in gutem Ruf. Paulus wollte ihn gern als seinen Begleiter auf die Reise mitnehmen. Mit Rücksicht auf die Juden in der Gegend beschnitt er ihn; denn es war überall bekannt, daß sein Vater ein Grieche war.

In den Städten, durch die sie kamen, übergaben sie den Gemeinden die Vorschriften, die die Apostel und die Gemeindevorsteher in Jerusalem erlassen hatten, und ermahnten sie, danach zu leben. Die Gemeinden aber wurden im Glauben gestärkt und wuchsen täglich.

Apostelgeschichte 16

Ermutigung für Timotheus

Wenn ich an dich denke, bin ich voll Dank gegen Gott, dem ich mit reinem Gewissen diene, wie es schon meine Vorfahren taten. Tag und Nacht denke ich dankbar an dich in meinen Gebeten. Ich erinnere mich an deine Abschiedstränen und sehne mich danach, dich wiederzusehen, damit ich mich so recht von Herzen freuen kann. Ich habe deinen aufrichtigen Glauben vor Augen, denselben Glauben, der schon in deiner Großmutter Loïs und deiner Mutter Eunike lebte und der nun — da bin ich ganz sicher — auch in dir lebt.

Darum ermahne ich dich: Laß die Gabe zur vollen Wirkung kommen, die Gott dir geschenkt hat, als ich dir die Hände auflegte! Denn der Geist, den Gott uns gegeben hat, macht uns nicht zaghaft, sondern gibt uns Kraft, Liebe und Besonnenheit.

2. Timotheus 1

Ratschläge

Mein Sohn, werde stark durch die Gnade, die dir durch Jesus Christus geschenkt ist. Was ich dir vor vielen Zeugen als die Lehre unseres Glaubens übergeben habe, das gib in derselben Weise an zuverlässige Männer weiter, die imstande sind, es anderen zu vermitteln.

Nimm es auf dich, als treuer Kämpfer Jesu Christi zusammen mit mir für ihn zu leiden . . .

Halte dich weiterhin an die Wahrheit, die man dich gelehrt hat und von der du fest überzeugt bist. Du weißt, wer deine Lehrer waren, und kennst seit deiner Kindheit die heiligen Schriften. Sie können dir helfen, den Weg zur Rettung zu gehen, der uns durch das Vertrauen auf Jesus Christus eröffnet ist. Alles, was in den heiligen Schriften steht, ist von Gottes Geist eingegeben und verhilft dazu, den Willen Gottes zu erkennen, die eigene Schuld einzusehen, sich Gott wieder zuzuwenden und ein Leben zu führen, das ihm gefällt. So trägt es dazu bei, daß der Mensch, der sich Gott zur Verfügung gestellt hat, zu allem Guten fähig wird.

2. Timotheus 2—3

Paulus reiste nicht allein. Er nahm aus den Gemeinden junge Männer mit, um sie an der Verbreitung des Evangeliums zu beteiligen. Alle Städte, in die sie kamen, hatten die gleiche Kultur und Zivilisation. Das erleichterte ihre Arbeit. Vor allem: Überall verstand man dieselbe Sprache, nämlich ein einfaches Griechisch (Koine), die Sprache, in der auch das Neue Testament geschrieben wurde.

Ermutigung

Das Wort ist glaubwürdig: Wenn wir mit Christus gestorben sind, werden wir auch mit ihm leben; wenn wir standhaft bleiben, werden wir auch mit ihm herrschen; wenn wir ihn verleugnen, wird auch er uns verleugnen. Wenn wir untreu sind, bleibt er doch treu, denn er kann sich selbst nicht verleugnen.

2. Timotheus 2

‚Wir sind römische Bürger'

Paulus wurde von einem römischen Offizier gefragt: »Bist du ein römischer Bürger?« Paulus bejahte. Da erzählte ihm der Soldat, daß er viel Geld bezahlt hatte, um das römische Bürgerrecht zu bekommen. »Ich bin es seit meiner Geburt«, erwiderte Paulus. In einer Welt, die von den Römern beherrscht wurde, hatte er als römischer Bürger eine bevorzugte Stellung, um die ihn der Soldat beneidete.

Auf der zweiten Reise kamen Paulus und Silas durch Syrien und Zilizien nach Lystra. Von dort wollten sie mit Timotheus weiter ins Landesinnere der heutigen Türkei reisen. Aber Gott hielt sie davon ab, und so änderten sie ihre Route und kamen nach Troas an die Mittelmeerküste. In Troas hatte Paulus eine Vision; er sah einen Mann in Nordgriechenland, der ihn um Hilfe rief. Also segelten sie über das ägäische Meer nach Europa. Als sie nach Philippi kamen, lernten sie die Purpurkrämerin Lydia kennen, die schon bald den christlichen Glauben annahm. Bei anderen Bewohnern der Stadt erregten Paulus und Silas jedoch großen Zorn, als Paulus einer Sklavin einen Wahrsagegeist austrieb. Die beiden Apostel wurden von einer erregten Menge vors Gericht geschleppt. Man peitschte sie aus und warf sie ins Gefängnis, ohne daß sie eine Erklärung abgeben konnten . . .

Dem Gefängniswärter wurde eingeschärft, sie sicher zu verwahren. So kamen sie in die hinterste Zelle, und ihre Füße wurden in den Holzblock eingeschlossen.

Um Mitternacht beteten Paulus und Silas und priesen Gott in Lobgesängen. Die anderen Gefangenen hörten es. Plötzlich erschütterte ein heftiges Erdbeben das Gefängnis. Die Türen sprangen auf, und allen Gefangenen fielen die Fesseln ab. Der Gefängniswärter fuhr aus dem Schlaf. Als er die Türen offenstehen sah, dachte er, die Gefangenen seien geflohen. Er zog sein Schwert und wollte sich töten.

Da rief Paulus, so laut er konnte: »Tu dir nichts an! Wir sind alle noch hier.« Der Wärter rief nach Licht, stürzte in die Zelle und warf sich zitternd vor Paulus und Silas nieder. Dann führte er sie hinaus und fragte: »Ihr Herren, was muß ich tun, um gerettet zu werden?« »Nimm Jesus als deinen Herrn an und vertraue ihm«, antworteten sie, »dann wirst du gerettet und deine Angehörigen mit dir!« Und sie sagten ihm und allen anderen in seinem Haus die Botschaft Gottes.

Der Gefängniswärter nahm Paulus und Silas noch in derselben Stunde mit sich und wusch ihre Wunden. Anschließend ließ er sich mit seiner ganzen Familie taufen. Dann führte er die beiden hinauf in seine Wohnung und bewirtete sie. Er und alle seine Leute waren glücklich, daß sie zum Glauben an Gott gefunden hatten.

Als es Tag wurde, schickten die Stadtobersten die Gerichtsboten mit der Weisung, die beiden Männer freizulassen. Der Gefängniswärter sagte zu Paulus: »Ich habe Befehl bekommen, euch freizulassen. Ihr könnt also unbehelligt weggehen.« Aber Paulus rief den Boten nach: »Man hat uns ohne Urteil öffentlich ausgepeitscht, obwohl wir das römische Bürgerrecht haben, und hat uns ins Gefängnis geworfen. Und nun will man uns heimlich abschieben? Nein, die Verantwortlichen sollen persönlich kommen und uns freilassen!«

Die Gerichtsboten meldeten das ihren Vorgesetzten. Als diese hörten, daß Paulus und Silas römische Bürger seien, erschraken sie. Sie kamen selbst und entschuldigten sich. Dann führten sie die beiden aus dem Gefängnis und baten sie, die Stadt zu verlassen. Vorher gingen Paulus und Silas noch einmal zu Lydia. Sie trafen dort die Brüder und machten ihnen Mut. Danach reisten sie weiter. Apostelgeschichte 16

Auf dieser römischen Straße, der Via Egnatia, reiste Paulus nach Philippi. Der Name der Stadt ist noch heute auf einem Stein zu lesen (linke Seite). Ungewollt begünstigte das Römische Reich die Ausbreitung des Evangeliums durch eine stabile Regierung und ein Netz ausgezeichneter Straßen; es war für militärische Zwecke gebaut und half Paulus und seinen Freunden, zügig von Ort zu Ort zu kommen.

Dank an Philippi

Paulus empfand für die kleine christliche Gemeinde in Philippi eine besondere Liebe, die sie mit großzügiger materieller Hilfe erwiderte.

Ich danke meinen Gott jedesmal, wenn ich an euch denke; immer, wenn ich für euch alle bete, tue ich es mit Freude und danke Gott dafür, daß ihr euch gemeinsam für das Evangelium eingesetzt habt vom ersten Tag an bis jetzt. Ich vertraue darauf, daß er, der bei euch das gute Werk begonnen hat, es auch vollenden wird bis zum Tag Christi Jesu. Es ist nur recht, daß ich so über euch alle denke, weil ich euch ins Herz geschlossen habe.

Philipper 1

GOTT, DER SCHÖPFER

Von Philippi reisten Paulus und Silas auf der berühmten Handelsstraße Via Egnatia nach Thessalonich, einer Handelsmetropole im nördlichen Griechenland. Dort geschah dasselbe wie zuvor: Predigten, unterschiedliche Reaktionen, Schwierigkeiten. Es wurde jedoch eine Gemeinde gegründet, die, wie die beiden Briefe von Paulus an die Thessalonicher zeigen, ihm später immer wieder Freude machte.
Im nahegelegenen Beröa fanden sie eine sehr positive Aufnahme. Die Zuhörer von Paulus »durchforschten aufmerksam die Schriften, um zu prüfen, ob das Gesagte wirklich wahr wäre«. Die Folge: Viele fanden zum Glauben. — Doch von Thessalonich kamen Juden und stifteten Unruhe. Offenbar wurde die Lage für Paulus gefährlich, denn die Christen in Beröa brachten ihn fort an die Küste. Silas und Timotheus blieben in der Stadt, um die angefangene Arbeit weiterzuführen und sich Paulus später wieder anzuschließen.
So kam Paulus nach Athen, der größten Stadt in ganz Griechenland, die mit Recht stolz war auf ihre Geschichte und ihre Kultur. Ihre Einwohner genossen es, stundenlang philosophische Diskussionen zu führen, und waren jedem neuen Gedanken aufgeschlossen.

Während Paulus in Athen auf die beiden wartete, war er im Innersten betroffen, weil die Stadt voll von Götzenbildern war. Er redete in der Synagoge zu den Juden und auch zu den Griechen, die sich zur jüdischen Gemeinde hielten, und sprach jeden Tag mit den Leuten, die er auf dem Marktplatz antraf. Darunter waren auch einige Philosophen der epikureïschen und stoischen Richtung, die mit ihm diskutierten. Einige von ihnen meinten: »Was will dieser Schwätzer eigentlich?« Andere sagten: »Er scheint irgendwelche fremden Götter zu verkünden.« Paulus hatte nämlich von Jesus und der Auferstehung gesprochen. Sie nahmen ihn mit sich zum Areopag und wollten Näheres erfahren. »Uns interessiert deine neue Lehre«, sagten sie. »Manches klingt sehr fremdartig, und wir würden gerne genauer

wissen, was es damit auf sich hat.« Denn die Athener und die Fremden in Athen kennen keinen besseren Zeitvertreib, als stets das Allerneueste in Erfahrung zu bringen und es weiterzuerzählen.

Paulus trat vor sie alle hin und sagte zu ihnen: »Männer von Athen! Ich habe wohl gemerkt, daß ihr die Götter hoch verehrt. Ich bin durch eure Stadt gegangen und habe mir eure heiligen Stätten angesehen. Dabei habe ich einen Altar entdeckt mit der Inschrift: ›Für den unbekannten Gott‹. Diesen Gott, den ihr verehrt, ohne ihn zu kennen, will ich euch jetzt bekanntmachen. Er ist der Gott, der die Welt geschaffen hat und alles, was darin lebt. Als Herr über Himmel und Erde wohnt er nicht in Tempeln, die ihm die Menschen gebaut haben. Er ist auch nicht darauf angewiesen, von den Menschen versorgt zu werden; denn er selbst gibt ihnen das Leben und alles, was sie zum Leben brauchen. Er hat aus dem ersten Menschen alle Völker der Menschheit hervorgehen lassen, damit sie die Erde bewohnen. Für jedes Volk hat er im voraus bestimmt, wie lange es bestehen und in welchen Grenzen es leben soll. Er wollte, daß die Menschen ihn suchen und sich bemühen, ihn zu finden. Er ist jedem von uns nahe; denn durch ihn leben, handeln und sind wir. Oder wie es eure Dichter ausgedrückt haben: ›Auch wir sind göttlicher Abkunft.‹ Wenn das aber so ist, dürfen wir nicht dem Irrtum verfallen und meinen, die Gottheit gleiche den Bildern aus Gold, Silber und Stein, die von menschlicher Erfindungskraft und Kunstfertigkeit geschaffen wurden. Bisher hat Gott mit Nachsicht darüber hinweggesehen, weil die Menschen es aus Unwissenheit getan haben. Aber jetzt fordert er alle Menschen überall auf, umzukehren und einen neuen Anfang zu machen. Denn er hat einen Tag festgesetzt, an dem er die ganze Menschheit gerecht richten will, und zwar durch den Mann, den er dazu bestimmt hat. Ihn hat er vor aller Welt dadurch ausgewiesen, daß er ihn vom Tod erweckt hat.«
Apostelgeschichte 17

Paulus hatte ein bestimmtes System bei seinen Reisen: Er brachte die Gute Nachricht in die großen und zentral gelegenen Städte. Von dort breitete sich der neue Glaube in die übrigen Gebiete aus. Athen, die größte griechische Stadt, war für Paulus deshalb ein besonders wichtiges Ziel.

EINE STADT DER LIEBE

Von Athen aus überquerte Paulus die schmale Landenge, die die Adria vom Ägäischen Meer trennt, und ging nach Korinth. Diese Stadt stand in einem ausgesprochen schlechten Ruf. Ihr Bild wurde vom Tempel der Aphrodite, der Göttin der Liebe, geprägt; es gab Tausende von Tempelprostituierten.

Daneben war Korinth durch seine hervorragende Lage eine Handelsmetropole und zog eine große, ständig wechselnde Zahl von Menschen an. So war ein Völkergemisch entstanden und ein Ort, an dem alles erlaubt war. In solch einer Umgebung war es schwierig, das Evangelium von einer völlig anderen Liebe zu verkündigen. Doch Paulus sah genau wie die Kaufleute die großen Möglichkeiten dieser Stadt. Vielleicht konnte sich das Evangelium von Korinth aus in weit entfernte Gegenden ausbreiten!

Paulus wohnte bei einem Ehepaar, Aquila und Priscilla, das kürzlich aus Italien gekommen war. Alle drei verdienten ihren Lebensunterhalt als Zeltmacher. Gleichzeitig verkündete Paulus die Gute Nachricht . . .

Als Silas und Timotheus aus Mazedonien nachkamen, konnte Paulus sich ganz seiner eigentlichen Aufgabe widmen. Er bezeugte den Juden, daß Jesus der versprochene Retter ist. Als sie ihm aber widersprachen und ihn beschimpften, schüttelte er den Staub aus seinen Kleidern und sagte: »Ihr habt es euch selbst zuzuschreiben, wenn ihr verlorengeht. Mich trifft keine Schuld. Von jetzt an werde ich mich an die Nichtjuden wenden.«

Er verließ die Synagoge und sprach von nun an in dem danebenliegenden Haus von Titius Justus, einem Griechen, der sich zur jüdischen Gemeinde hielt. Der Synagogenvorsteher Krispus nahm mit seiner ganzen Familie Jesus als Herrn an. Viele Korinther, die davon erfuhren, kamen ebenfalls zum Glauben und ließen sich taufen.

Der Herr aber sagte in einer nächtlichen Vision zu Paulus: »Hab keine Angst, sondern verkünde unbeirrt die Gute Nachricht! Ich stehe dir bei. Keiner kann dir etwas anhaben; denn ich habe eine große Gemeinde in dieser Stadt.« So blieb Paulus eineinhalb Jahre dort und sagte den Menschen die Botschaft Gottes.

Vor dem Statthalter

Als Gallio zum neuen Statthalter der römischen Provinz Achaia ernannt wurde, rotteten sich die Juden zusammen und schleppten Paulus vor Gericht. »Dieser Mann«, sagten sie, »überredet die Leute, Gott auf eine Weise zu verehren, die gegen das Gesetz verstößt.« Paulus wollte gerade mit seiner Verteidigung beginnen, da erklärte Gallio: »Wenn es sich um ein schweres Vergehen oder ein Verbrechen handelte, wäre es meine Pflicht, euch Juden anzuhören. Aber weil es hier um Streitfragen über religiöse Lehren und Autoritäten und um euer eigenes Gesetz geht, müßt ihr die Angelegenheit schon unter euch ausmachen. Ich mag in solchen Fragen nicht den Richter spielen.« Damit wies er sie hinaus.
Apostelgeschichte 18

Korinth, eine andere große Stadt im Süden Griechenlands, war eine Handelsmetropole. Hier, mitten in einem Gemisch verschiedener Völker, erlebte Paulus, wie eine neue christliche Gemeinde entstand.

Wahre Liebe

Kurz nachdem Paulus die Christen in Korinth besucht hatte, beschrieb er ihnen in einem Brief die wahre Liebe als Gegensatz zu der egoistischen und selbstherrlichen Liebe in seiner Umwelt.

Wenn ich in den Sprachen der Menschen und Engel redete, hätte aber die Liebe nicht, wäre ich dröhnendes Erz oder eine lärmende Pauke.

Und wenn ich prophetisch reden könnte und alle Geheimnisse wüßte und alle Erkenntnisse hätte; wenn ich alle Glaubenskraft besäße und Berge damit versetzen könnte, hätte aber die Liebe nicht, wäre ich nichts.

Und wenn ich meine ganze Habe verschenkte, und wenn ich meinen Leib dem Feuer übergäbe, hätte aber die Liebe nicht, nützte es mir nichts.

Die Liebe ist langmütig, die Liebe ist gütig. Sie ereifert sich nicht, sie prahlt nicht, sie bläht sich nicht auf.

Sie handelt nicht ungehörig, sucht nicht ihren Vorteil, läßt sich nicht zum Zorn reizen, trägt das Böse nicht nach.

Sie freut sich nicht über das Unrecht, sondern freut sich an der Wahrheit.

Sie erträgt alles, glaubt alles, hofft alles, hält allem stand.

Die Liebe hört niemals auf.

1. Korinther 13

AUFRUHR IN EPHESUS

Der Erlaß des Gallio in Korinth hatte für Paulus eine große Bedeutung. Soweit es die römischen Behörden betraf, konnten Paulus und die anderen Christen ihren Glauben nun ungehindert verbreiten. Paulus blieb einige Zeit in Korinth, dann begab er sich mit dem Schiff auf den Heimweg. Bis Ephesus fuhren Aquila und Priscilla mit ihm. Bei Cäsarea ging er an Land, machte einen kurzen Besuch in der Gemeinde in Jerusalem und begab sich anschließend nach Antiochia.

Auf der nächsten Reise traf er Aquila und Priscilla wieder. In Ephesus, einer blühenden Stadt an der Westküste der heutigen Türkei, begegneten sich Ost und West. War Korinth die Stadt der Aphrodite, so war Ephesus die Stadt der Artemis (Diana), der griechischen Fruchtbarkeitsgöttin. Ihr Tempel galt als eines der Sieben Weltwunder in der Antike. Viele Bewohner von Ephesus verdienten sich ihren Lebensunterhalt mit Miniaturen von der Statue der Göttin. Sie wurden von den Besuchern gekauft, die zum Tempel der Artemis strömten.

Drei Monate lang lehrte Paulus in der Synagoge, bis sich Widerstand gegen ihn erhob. Da verließ er zusammen mit den neuen Christen die Synagoge und lehrte die folgenden beiden Jahre jeden Tag im Lehrsaal des Tyrannus, eines griechischen Lehrers. Das blieb nicht ohne Folgen: Diejenigen, die vorher Magie betrieben hatten, verbrannten öffentlich ihre Zauberbücher. Gleichzeitig ging der Handel mit den Götterfiguren stark zurück.

In dieser Zeit kam es wegen der neuen Lehre zu schweren Unruhen in Ephesus. Es gab dort nämlich einen Silberschmied namens Demetrius, der silberne Nachbildungen vom Tempel der Göttin Artemis verkaufte; das brachte ihm und den Handwerkern, die er beschäftigte, einen schönen Gewinn. Dieser Demetrius rief alle, die in diesem Gewerbe tätig waren, zusammen und sagte: »Männer, ihr wißt: unser ganzer Wohlstand hängt davon ab, daß wir diese Nachbildungen herstellen. Und ihr werdet erfahren haben, daß dieser Paulus den Leuten einredet: ›Götter, die man mit Händen macht, sind gar keine Götter.‹ Er hat mit seinen Reden nicht nur hier in Ephesus Erfolg, sondern fast überall in der Provinz Asien. Deshalb besteht die Gefahr, daß er nicht nur unseren Handel in Verruf bringt. Stellt euch vor, es würde soweit kommen, daß der Tempel der großen Göttin Artemis seine Bedeutung verliert! Stellt euch vor, daß die Göttin selbst in Vergessenheit gerät, die heute überall in unserer Provinz und in der ganzen Welt verehrt wird!«

Als sie das hörten, wurden sie wütend und riefen: »Groß ist die Artemis von Ephesus!« Die Unruhe breitete sich in der ganzen Stadt aus. Gaius und Aristarch, die sich Paulus in Mazedonien angeschlossen hatten, wurden von der Menge gepackt und zum Theater geschleppt . . .

Schließlich gelang es dem Sekretär der Volksversammlung, die Menge zu beruhigen. »Männer von Ephesus«, rief er, »in der ganzen Welt weiß man doch, daß zu unserer Stadt der berühmte Tempel der Göttin Artemis gehört und hier ihr vom Himmel gefallenes Bild verehrt wird. Das kann niemand abstreiten. Beruhigt euch also und laßt euch zu nichts hinreißen. Ihr habt diese Männer hergeschleppt, obwohl sie weder den Tempel beraubt noch unsere Göttin beleidigt haben. Wenn Demetrius und seine Handwerker geschädigt worden sind, dann gibt es dafür Gerichte und Behörden. Dort können sie ihre Klage vorbringen. Wenn ihr aber andere Forderungen habt, muß das auf einer ordentlichen Volksversammlung geklärt werden. Was heute geschehen ist, kann uns leicht als Rebellion ausgelegt werden. Es gibt keinen Grund für diesen Aufruhr, wir können ihn durch nichts rechtfertigen.« Mit diesen Worten löste er die Versammlung auf.

Apostelgeschichte 19

In Ephesus, der Stadt der Göttin Artemis (Diana), stieß Paulus wieder mit dem Heidentum zusammen. Der Götterglaube der Griechen und Römer hatte sich hier mit dem ägyptischen Glauben an eine Muttergöttin vermischt. Bei der Botschaft von Jesus Christus ging es nun aber nicht um einen erweiterten Götterglauben, sondern um etwas völlig Neues.

Zum Kampf gerüstet

Später, als Paulus seinen Brief an die Gemeinde in Ephesus schrieb, wollte er sie auf die unvermeidlichen Kämpfe gegen das Böse vorbereiten.

Zieht die Rüstung Gottes an, damit ihr den listigen Anschlägen des Teufels widerstehen könnt. Denn wir haben nicht gegen Menschen aus Fleisch und Blut zu kämpfen, sondern gegen die Fürsten und Gewalten, gegen die Beherrscher dieser finsteren Welt, gegen die bösen Geister des himmlischen Bereichs. Darum legt die Rüstung Gottes an, damit ihr am Tag des Unheils standhalten, alles vollbringen und den Kampf bestehen könnt.

Seid also standhaft: Gürtet euch mit Wahrheit, zieht als Panzer die Gerechtigkeit an und als Schuhe die Bereitschaft, für das Evangelium vom Frieden zu kämpfen. Vor allem greift zum Schild des Glaubens! Mit ihm könnt ihr alle feurigen Geschosse des Bösen auslöschen. Nehmt den Helm des Heils und das Schwert des Geistes, das ist das Wort Gottes.

Epheser 6

Der Herr des Friedens aber schenke euch den Frieden zu jeder Zeit und auf jede Weise. Der Herr sei mit euch allen. Den Gruß schreibe ich, Paulus, eigenhändig. Das ist mein Zeichen in jedem Brief; so schreibe ich. Die Gnade Jesu Christi, unseres Herrn, sei mit euch allen.

2. Thessalonicher 3

PAULUS
SCHREIBT BRIEFE

GUTE NACHRICHT FÜR EINE VERLORENE WELT

Paulus und seine Mit-Christen stellten das Denken ihrer Tage auf den Kopf: Viele Menschen fanden ein neues Ziel und neue Maßstäbe für ihr Leben und konnten noch einmal von vorne anfangen. Worin bestand das Geheimnis?

Es lag nicht an der Ausstrahlung einer Persönlichkeit. Auch gab es keine christliche Massenbewegung, die Menschen mitreißen konnte. »Als schwacher Mensch trat ich vor euch und war voll Angst und Sorge«, sagte Paulus. »Mein Wort und meine Botschaft wirkten nicht durch Redekunst und Gedankenreichtum, sondern weil Gottes Geist darin seine Kraft erwies.« Die Kraft lag in der Botschaft selbst. Es war Gottes Botschaft, seine Gute Nachricht für eine verlorene Welt. Und sie kam mit seiner Macht — mit derselben unglaublichen Macht, die Jesus wieder zum Leben auferweckt hatte. Das neue Leben war ein Geschenk Gottes. Gottes eigener Geist war die Garantie für jeden Glaubenden, daß er Tag für Tag in der Lage sein würde, für Gott zu leben.

Wie lautete nun diese Botschaft, die Paulus nach Antiochia und Philippi, nach Athen, Korinth und Ephesus brachte? Um das herauszufinden, müssen wir unsere »Geschichte«, wie sie uns in der Apostelgeschichte überliefert ist, unterbrechen. Sehen wir, was Paulus in seinen Briefen an die neugegründeten Gemeinden schrieb, für die er mit besonderer Anteilnahme sorgte.

Dunkelheit

Gottes Strafgericht ist schon offenbar. Sein heiliger Zorn trifft alle, die ihn nicht ehren und seinen Willen mißachten. Sie kennen die Wahrheit, aber sie verleugnen sie durch ihr Verhalten. Denn was Menschen über Gott wissen können, ist ihnen bekannt. Gott selbst hat es ihnen bekanntgemacht. Zwar kann niemand Gott sehen; aber er zeigt sich den Menschen in seinen Werken. Weil er die Welt geschaffen hat, können sie seine ewige Macht und sein göttliches Wesen erkennen, wenn sie sich nicht dafür verschließen. Sie haben also keine Entschuldigung.

Aber obwohl sie Gott kannten, gaben sie ihm nicht die Ehre, die ihm zusteht, und dankten ihm nicht. Ihre Gedanken gingen in die Irre, und in ihren unverständigen Herzen wurde es finster. Sie bildeten sich etwas auf ihre Klugheit ein, aber in Wirklichkeit wurden sie zu Narren. Anstatt den ewigen Gott zu verehren, beteten sie Bilder von sterblichen Menschen, Vögeln, vierfüßigen Tieren und Schlangen an . . .

Gott macht keine Unterschiede. Die Menschen, die gesündigt haben, ohne das Gesetz Gottes zu kennen, werden auch ohne Gesetz zugrunde gehen. Die Juden dagegen, die dieses Gesetz kennen und trotzdem sündigen, werden aufgrund des Gesetzes verurteilt werden. Wenn einer vor Gottes Gericht bestehen will, genügt es nicht, daß er das Gesetz kennt, er muß auch danach handeln . . .

Ich habe schon gesagt, daß die Juden genauso wie die anderen Völker in der Gewalt der Sünde sind. In den heiligen Schriften heißt es:

Kein Mensch kann vor Gott bestehen; keiner ist verständig und fragt nach Gottes Willen. Alle sind vom rechten Weg abgekommen; allesamt sind sie zu nichts zu gebrauchen. Keiner von ihnen tut das Rechte, nicht einmal einer.

Römer 1—3

Licht

Aber jetzt ist eingetreten, was das Gesetz selbst und die Propheten im voraus angekündigt hatten: Gott hat so gehandelt, wie es seinem Wesen entspricht. Er hat selbst dafür gesorgt, daß die Menschen vor ihm bestehen können. Er hat das Gesetz beiseite geschoben und will die Menschen annehmen, wenn sie einzig und allein auf das vertrauen, was er durch Jesus Christus getan hat.

Das gilt ohne Ausnahme für alle, die dieses Vertrauen haben. Vor Gott gibt es keinen Unterschied. Alle sind schuldig geworden und haben die Herrlichkeit verscherzt, die Gott ihnen geschenkt hatte. Aber Gott hat mit ihnen Erbarmen und nimmt sie wieder an. Das ist ein reines Geschenk. Durch Jesus Christus hat er uns aus der Gewalt der Sünde befreit.

Römer 3

Die Kraft der Guten Nachricht

Denn ich schäme mich des Evangeliums nicht: Es ist eine Kraft Gottes, die jeden rettet, der glaubt, zuerst den Juden, aber ebenso den Griechen. Denn im Evangelium wird die Gerechtigkeit Gottes offenbart aus Glauben zum Glauben, wie es in der Schrift heißt: Der aus Glauben Gerechte wird leben.

Römer 1

Seine ausführlichste Erklärung des christlichen Glaubens hat Paulus im Brief an die Christen in Rom niedergelegt, die Botschaft, für die er sein Leben riskierte.

GUTE VORSÄTZE

Verloren und wiedergefunden! Die Gute Nachricht bedeutet, daß Gott in unsere verlorene Welt hineingekommen ist, damit wir wieder eine heile Beziehung zu ihm bekommen.
In seinem Brief an die Christen in Rom, die er so gerne besucht hätte, zeigt Paulus anhand von Beispielen, wie schwach wir Menschen sind . . .

Gefangen

In uns selbst, so wie wir von Natur aus sind, ist nichts Gutes zu finden. Wir bringen es zwar fertig, das Rechte zu wollen; aber wir sind zu schwach, es auch auszuführen.
Wir tun nicht das Gute, das wir gerne tun möchten, sondern das Böse, das wir verabscheuen. Wenn wir aber tun, was wir nicht wollen, dann verfügen nicht wir selbst über uns, sondern die Sünde, die von uns Besitz ergriffen hat.

Wir sehen also, daß sich alles nach folgender Regel abspielt: Ich will das Gute tun, aber es kommt nur Böses dabei heraus. In meinem Bewußtsein stimme ich dem Gesetz Gottes freudig zu. Aber ich sehe, daß mein Tun einem anderen Gesetz folgt. Dieses Gesetz liegt im Streit mit dem Gesetz, dem meine Vernunft zustimmt. Es macht mich zum Gefangenen der Sünde, deren Gesetz mein Handeln bestimmt.

Wir stimmen zwar mit der Vernunft dem Gesetz Gottes zu, aber mit unserem Tun folgen wir dem Gesetz der Sünde.

Wir unglückseligen Menschen! Wer rettet uns aus dieser entsetzlichen Verstrickung? Wer entreißt uns dem sicheren Tod?

Gott hat es getan! Ihm sei Dank durch Jesus Christus, unseren Herrn!
Römer 7

Befreit

Keiner braucht mehr das Strafgericht Gottes zu fürchten, der sich an Jesus Christus hält. Ihr seid befreit von dem Gesetz, das durch die Sünde in den Tod führt — befreit durch das Gesetz, das mit Hilfe des Geistes und in der Verbindung mit Jesus Christus zum Leben führt. Was das Gesetz nicht vollbringen konnte, weil wir Menschen der Macht der Sünde ausgesetzt sind, das hat Gott selbst getan. Er sandte seinen Sohn dorthin, wo die Sünde ihre ganze Macht entfaltet: in einen menschlichen Leib, um dadurch die Sünde zu überwinden. Im Tod seines Sohnes vollstreckte er das Urteil an der Sünde, damit nun durch uns die Forderung des Gesetzes erfüllt werden kann.

Denn unser Leben wird jetzt vom Geist Gottes bestimmt und nicht mehr von unserer selbstsüchtigen Natur. Wenn jemand nach seiner Natur lebt, liegt ihm alles daran, die eigenen Wünsche zu befriedigen. Wenn dagegen der Geist Gottes in ihm lebt, liegt ihm alles daran, diesem Geist in sich Raum zu geben. Die eigenen Wünsche führen zum Tod. Der Geist Gottes dagegen schenkt Leben und Frieden.
Römer 8

Die christliche Botschaft handelt vom wirklichen Leben. Sie betrifft den Alltag der Menschen und bietet eine Lösung für den menschlichen Zwiespalt zwischen guten Einsichten und schlechtem Verhalten.

Der Weg

Gott bietet uns Leben und Frieden an, Frieden mit Gott und mit den Menschen, und es gibt nur einen Weg, auf dem wir zu ihm zurückfinden können.

Gott ist reich an Erbarmen. Er hat uns seine ganze Liebe geschenkt. Durch unseren Ungehorsam waren wir tot; aber er hat uns mit Christus zusammen lebendig gemacht. Bedenkt: Aus reiner Gnade hat er euch gerettet! Zusammen mit Jesus Christus hat er uns vom Tod erweckt und in sein himmlisches Reich versetzt. In den kommenden Zeiten wird das enthüllt werden. Dann wird der unendliche Reichtum seiner Gnade sichtbar in der Liebe, die er uns durch Jesus Christus erwiesen hat.

Es ist tatsächlich reine Gnade, daß ihr gerettet seid. Ihr selbst könnt nichts dazu tun, als im Vertrauen anzunehmen, was Gott euch schenkt. Ihr habt es nicht durch irgendein Tun verdient; denn Gott will nicht, daß sich jemand vor ihm auf seine eigenen Leistungen berufen kann. Wir selbst sind ganz und gar Gottes Werk. Durch Jesus Christus hat er uns so geschaffen, daß wir nun Gutes tun können. Er hat sogar die guten Taten schon geschaffen, die wir nun auch tun sollen ...

Er ist es, der uns allen den Frieden gebracht und Juden und Nichtjuden zu einem einzigen Volk verbunden hat. Durch sein Sterben hat er die Mauer eingerissen, die die beiden trennte und zu Feinden machte. Denn er hat das jüdische Gesetz mit seinen Forderungen beseitigt. So hat er Frieden gestiftet. Er hat die getrennten Teile der Menschheit mit sich verbunden und daraus den einen neuen Menschen geschaffen. Er hat die beiden in einem einzigen Leib — der Gemeinde — vereinigt und hat ihnen durch seinen Tod am Kreuz den Frieden mit Gott gebracht. Am Kreuz hat er alle Feindschaft ein für allemal ausgelöscht.

Diese Friedensbotschaft hat Christus allen verkündet, euch, die ihr fern wart, und ebenso denen, die nahe waren. Durch ihn dürfen wir beide, Juden und Nichtjuden, in einem Geist vor Gott, den Vater, treten.

Epheser 2

Im Glauben an Christus sind die Schranken zwischen den Völkern aufgehoben. Durch Christus sind Juden und Nichtjuden, Schwarze und Weiße, Männer und Frauen ein Volk.

Einheit durch Jesus

Ihr seid alle durch den Glauben Söhne Gottes in Christus Jesus. Denn ihr alle, die ihr auf Christus getauft seid, habt Christus (als Gewand) angelegt. Es gibt nicht mehr Juden und Griechen, nicht Sklaven und Freie, nicht Mann und Frau; denn ihr alle seid »einer« in Christus Jesus.

Galater 3

Auf Jesus vertrauen

Der Tod Jesu für die Vergebung unserer Schuld und seine Auferstehung standen im Zentrum der Botschaft des Paulus. Als er seinen Brief an die Korinther schrieb, sagte er, er habe beschlossen, alles zu vergessen außer Christus und seinen Tod am Kreuz. In Athen redete Paulus so oft von »Christus« und »Auferstehung«, daß sich seine Zuhörer ganz verwundert fragten, ob er über zwei neue Götter sprach.

Der Gekreuzigte

Christus hat mich nicht beauftragt zu taufen, sondern die Gute Nachricht zu verkünden. Wenn ich aber die Gute Nachricht mit Worten tiefsinniger Weisheit darstelle, dann nehme ich dem Tod, den Christus gestorben ist, seinen ganzen Sinn. Denn es kann nicht anders sein: Für die, die verlorengehen, muß die Botschaft vom Kreuzestod als barer Unsinn erscheinen. Wir aber, die gerettet werden, erfahren darin Gottes Macht.
1. Korinther 1

Ich hatte mir vorgenommen, euch nichts anderes zu bringen als Jesus Christus, und zwar Jesus Christus, den Gekreuzigten.
1. Korinther 2

Der Friedensstifter

Er ist das Bild des unsichtbaren Gottes, der erstgeborene Sohn des Vaters; er ist der Anfang aller Schöpfung. Durch ihn ist alles geschaffen worden, was im Himmel und auf Erden lebt, alles, was man sehen kann, und auch die unsichtbaren Mächte und Gewalten. Alles hat Gott durch ihn geschaffen, und in ihm findet alles sein letztes Ziel. Er war vor allem anderen da, und alle Dinge bestehen durch ihn. Er ist auch das Haupt des Leibes, und dieser Leib ist die Gemeinde. Er ist der Anfang der neuen Schöpfung, denn er ist der erste von allen Toten, der zu neuem Leben geboren wurde; in allem muß er der Erste sein. Es gefiel Gott, in ihm Wohnung zu nehmen mit der ganzen Fülle seiner Macht und durch ihn alle Feindschaft zu überwinden. Unter ihm als dem Haupt soll Frieden werden — der Frieden, den er gestiftet hat, als er am Kreuz sein Blut vergoß. Dieser Frieden umfaßt die Menschen auf der Erde und genauso die überirdischen Mächte.
Kolosser 1

Der Auferstandene

Brüder, ich möchte euch an die Gute Nachricht erinnern, die ich euch verkündet habe. Ihr habt sie doch angenommen und habt euch auf sie gegründet. Ihr werdet auch durch sie gerettet, wenn ihr sie so festhaltet, wie ich sie euch übermittelt habe. Andernfalls wärt ihr vergeblich zum Glauben gekommen!

Ich habe an euch weitergegeben, was ich selbst erhalten habe, nämlich als erstes und grundlegendes: Christus ist für unsere Sünden gestorben, wie es in den heiligen Schriften vorausgesagt war, und wurde begraben. Er ist am dritten Tag vom Tod erweckt worden, wie es in den heiligen Schriften vorausgesagt war, und hat sich Petrus gezeigt, danach dem ganzen Kreis der zwölf Jünger. Später sahen ihn über fünfhundert Brüder auf einmal, einige sind inzwischen gestorben, aber die meisten leben noch.

Das also ist unsere Botschaft: Gott hat Christus vom Tod erweckt. Wie können dann einige von euch behaupten, daß die Toten nicht auferstehen werden? Wenn es keine Auferstehung gäbe, dann wäre auch Christus nicht auferstanden. Und wenn Christus nicht auferstanden wäre, dann hätte weder unsere Verkündigung einen Sinn noch euer Glaube. Wir wären dann als falsche Zeugen für Gott aufgetreten; denn wir hätten gegen die Wahrheit bezeugt, daß er Christus vom Tod erweckt hat. Wenn es stimmt, daß Gott die Toten nicht auferwecken wird, dann hat er auch Christus nicht vom Tod erweckt. Wenn die Toten nicht auferstehen, ist auch Christus nicht auferstanden. Ist aber Christus nicht auferstanden, so ist euer Glaube vergeblich.
Eure Schuld ist dann nicht von euch genommen, und wer im Vertrauen auf Christus starb, ist dann verloren. Wenn wir nur für das jetzige Leben auf Christus hoffen, sind wir bedauernswerter als irgend jemand sonst auf der Welt.

Aber Christus ist vom Tod erweckt worden, und das gibt uns die Gewähr dafür, daß auch die übrigen Toten auferstehen werden.

1. Korinther 15

Das Grab Jesu hatte man mit einem großen Stein verschlossen. Trotzdem war es am Ostermorgen leer. Der ganze christliche Glaube beruht auf der Tatsache, daß Jesus Christus lebt. Gräber aus dem ersten Jahrhundert nach Christus, auf die die Beschreibung des Grabes Jesu zutrifft, findet man noch heute in Israel.

FRIEDEN MIT GOTT

Jesus starb für uns. Er ertrug die Trennung von Gott, die eigentlich wir wegen unseres Ungehorsams verdient hätten. Er verschaffte uns Frieden. Wir waren einmal Gottes Feinde — jetzt können wir seine Freunde sein.

Gott hat uns also angenommen, weil wir uns ganz auf ihn verlassen. Jetzt ist Frieden zwischen ihm und uns. Das verdanken wir Jesus Christus, unserem Herrn; denn er öffnete uns den Zugang zu der Gnade Gottes, die

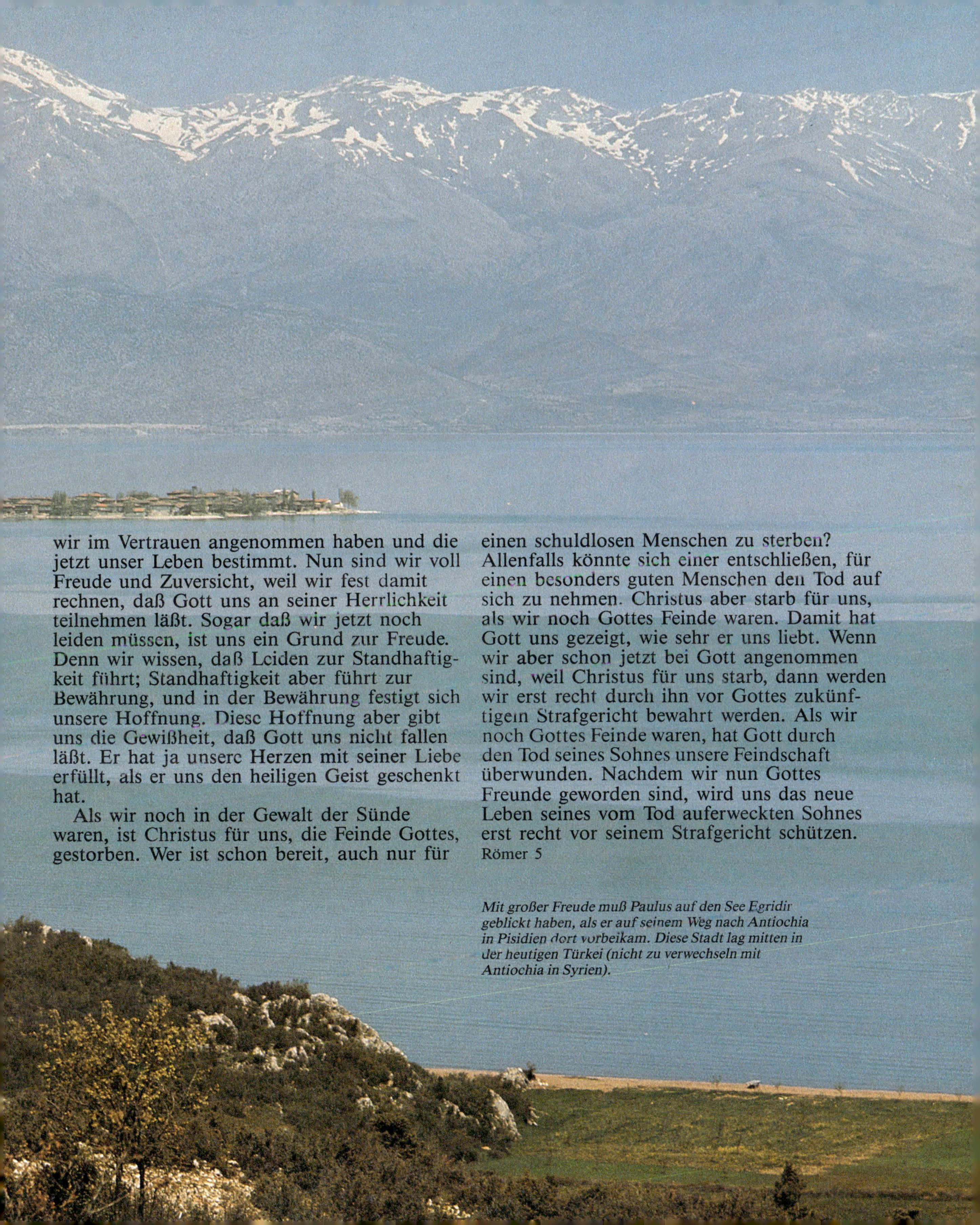

wir im Vertrauen angenommen haben und die jetzt unser Leben bestimmt. Nun sind wir voll Freude und Zuversicht, weil wir fest damit rechnen, daß Gott uns an seiner Herrlichkeit teilnehmen läßt. Sogar daß wir jetzt noch leiden müssen, ist uns ein Grund zur Freude. Denn wir wissen, daß Leiden zur Standhaftigkeit führt; Standhaftigkeit aber führt zur Bewährung, und in der Bewährung festigt sich unsere Hoffnung. Diese Hoffnung aber gibt uns die Gewißheit, daß Gott uns nicht fallen läßt. Er hat ja unsere Herzen mit seiner Liebe erfüllt, als er uns den heiligen Geist geschenkt hat.

Als wir noch in der Gewalt der Sünde waren, ist Christus für uns, die Feinde Gottes, gestorben. Wer ist schon bereit, auch nur für einen schuldlosen Menschen zu sterben? Allenfalls könnte sich einer entschließen, für einen besonders guten Menschen den Tod auf sich zu nehmen. Christus aber starb für uns, als wir noch Gottes Feinde waren. Damit hat Gott uns gezeigt, wie sehr er uns liebt. Wenn wir aber schon jetzt bei Gott angenommen sind, weil Christus für uns starb, dann werden wir erst recht durch ihn vor Gottes zukünftigem Strafgericht bewahrt werden. Als wir noch Gottes Feinde waren, hat Gott durch den Tod seines Sohnes unsere Feindschaft überwunden. Nachdem wir nun Gottes Freunde geworden sind, wird uns das neue Leben seines vom Tod auferweckten Sohnes erst recht vor seinem Strafgericht schützen.
Römer 5

Mit großer Freude muß Paulus auf den See Egridir geblickt haben, als er auf seinem Weg nach Antiochia in Pisidien dort vorbeikam. Diese Stadt lag mitten in der heutigen Türkei (nicht zu verwechseln mit Antiochia in Syrien).

EIN NEUES LEBEN

Gott schenkt uns einen unverdienten Neuanfang mit einer bereinigten Vergangenheit — und dazu ein neues Leben. Wenn wir glauben, daß Christus für uns gestorben ist, stirbt unser altes Leben mit ihm. Weil er auferstanden ist, wird auch uns ein neues Leben geschenkt, das der Tod nicht mehr zerstören kann, obwohl er unser irdisches Leben beenden wird. Christus vergibt uns unsere Schuld und befreit uns. Dadurch bekommt unser Leben eine neue Qualität: Christus lebt in uns, und wir teilen sein Leben, das Leben Gottes.

Versöhnung

Wenn also jemand in Christus ist, dann ist er eine neue Schöpfung: Das Alte ist vergangen, Neues ist geworden. Aber das alles kommt von Gott, der uns durch Christus mit sich versöhnt und uns den Dienst der Versöhnung aufgetragen hat. Ja, Gott war es, der in Christus die Welt mit sich versöhnt hat, indem er den Menschen ihre Verfehlungen nicht anrechnete und uns das Wort von der Versöhnung (zur Verkündigung) anvertraute.

2. Korinther 5

Wie wir mit Christus im Tod vereint waren, sollen wir auch zusammen mit ihm leben. Wir wissen ganz sicher: Was wir früher waren, ist mit Christus am Kreuz gestorben. Unser von der Sünde beherrschtes Ich ist damit tot, und wir müssen nicht länger Sklaven der Sünde sein. Denn von einem Toten hat die Sünde nichts mehr zu fordern. Wenn wir aber zusammen mit Christus gestorben sind, werden wir auch zusammen mit ihm leben; davon sind wir fest überzeugt. Wir wissen ja, daß Christus vom Tod auferweckt wurde und nie mehr stirbt. Der Tod hat keine Macht mehr über ihn. Ein für allemal starb Christus für die Sünde. Jetzt lebt er für Gott. Genauso müßt ihr von euch selbst denken: Ihr seid tot für die Sünde, aber weil ihr mit Jesus Christus verbunden seid, lebt ihr für Gott ... Die Sünde zahlt ihren Lohn: den Tod. Gott dagegen macht uns ein unverdientes Geschenk: durch Jesus Christus, unseren Herrn, schenkt er uns ein Leben, das keinen Tod mehr kennt.

Römer 6

Christus bietet uns ein neues Leben an. Alles ist abgewaschen, was uns von unserer Vergangenheit belastet hat. Der Grundton ist Freude.

GOTT DIENEN

Das neue Leben, das Gott uns gibt, ist ein Geschenk; wir sollten aber bedenken, wieviel es ihn gekostet hat. Deshalb sind wir zu einem neuen Denken und einer neuen Lebensweise aufgerufen.

Die andere Haltung

Brüder, weil Gott so viel Erbarmen mit uns hatte, rufe ich euch zu: Stellt euer ganzes Leben Gott zur Verfügung! Bringt ihm euch selbst als lebendiges Opfer dar, an dem er Freude hat! So vollzieht ihr den Gottesdienst, der Gott wirklich gemäß ist. Paßt euch nicht den Maßstäben dieser Welt an. Laßt euch vielmehr im Innersten von Gott umwandeln. Laßt euch eine neue Gesinnung schenken. Dann könnt ihr erkennen, was Gott von euch will. Ihr wißt dann, was gut und vollkommen ist und was Gott gefällt.

Weil Gott mich in seiner Gnade zum Apostel berufen hat, wende ich mich an jeden einzelnen von euch. Keiner soll höher von sich denken, als es angemessen ist. Bleibt bescheiden und sucht das rechte Maß! Gott hat jedem seinen Anteil an den Gaben zugeteilt, die der Glaube schenkt. Daran hat jeder einen Maßstab, wie er von sich denken soll.

Denkt an den menschlichen Körper: Er hat viele verschiedene Teile, und jeder Teil hat seine besondere Aufgabe; aber der Körper bleibt deshalb doch einer. Genauso ist es mit uns: Obwohl wir viele sind, bilden wir durch die Verbindung mit Christus ein Ganzes. Als einzelne aber stehen wir zueinander wie Teile, die sich gegenseitig ergänzen. Wir haben verschiedene Gaben, so wie Gott sie uns in seiner Gnade zugeteilt hat. Diese Gaben sollen wir auch in der rechten Weise nutzen.
Römer 12

Geliebt und erwählt

Ihr seid mit Christus zum Leben erweckt. Richtet euch also nach oben aus, wo Christus ist! Gott hat ihm den Ehrenplatz an seiner rechten Seite gegeben. Richtet eure Gedanken nach oben und nicht auf die irdischen Dinge! Ihr seid schon gestorben, und euer Leben ist mit Christus bei Gott verborgen. Wenn einmal Christus, euer Leben, allen sichtbar wird, dann

werdet auch ihr selbst in der ganzen Herrlichkeit sichtbar werden, die euch jetzt schon geschenkt ist ...

Führt also euer Leben als Menschen, die Gott erwählt hat, um ihnen seine Liebe zu erweisen und sie zu seinem Volk zu machen. Seid mitfühlend, freundlich, ehrerbietig, nachsichtig und geduldig. Kommt miteinander aus! Tragt es keinem nach, wenn er euch Unrecht getan hat; sondern vergebt einander, wie der Herr euch vergeben hat. Tut alles in der Liebe! Sie verbindet euch und führt euch dadurch zur Vollkommenheit. Der Frieden, den Christus schenkt, soll euer ganzes Denken und Tun bestimmen. In diesen Frieden hat Gott euch alle miteinander gerufen, denn ihr seid ja durch Christus ein Leib. Dankt Gott dafür! Laßt die Gute Nachricht von Christus ihren ganzen Reichtum bei euch entfalten. Helft einander, sie immer besser zu verstehen, und ermahnt euch gegenseitig mit aller Weisheit. Singt Gott von Herzen Psalmen, Hymnen und Lieder, die der Geist eingibt. Dankt ihm so für die Gnade, die er euch geschenkt hat. Alles, was ihr tut und was ihr sagt, soll im Aufblick zu Jesus, dem Herrn, geschehen. Euer ganzes Leben soll ein einziger Dank sein, den ihr Gott, dem Vater, durch Jesus Christus darbringt.

Kolosser 3

Ohne Sorgen

Sorgt euch um nichts, sondern bringt in jeder Lage betend und flehend eure Bitten mit Dank vor Gott! Und der Friede Gottes, der alles Verstehen übersteigt, wird eure Herzen und eure Gedanken in der Gemeinschaft mit Christus Jesus bewahren ...
Was immer wahrhaft, edel, recht, was lauter, liebenswert, ansprechend ist, was Tugend heißt und lobenswert ist, darauf seid bedacht! Was ihr gelernt und angenommen, gehört und an mir gesehen habt, das tut! Und der Gott des Friedens wird mit euch sein.

Philipper 4

Für jeden Christen gibt es etwas zu tun: Leben für Gott in einer Welt, die ihm gehört.

Unter neuer Führung

Gott will von uns, seinen Kindern, daß wir uns in unserm täglichen Leben nach ihm richten. Wir sollen für ihn leben und der Welt sein Wesen zeigen — seine Liebe, seine Hingabe und seine Fürsorge. Fordert er etwas Unmögliches? Nein, denn wir haben eine »geheime Waffe«, das Geschenk des Geistes Gottes, der uns führt und hilft.

Wem unterstehen wir?

Wohin die menschliche Selbstsucht führt, kann jeder sehen: zu Unzucht, Verdorbenheit und Ausschweifungen, Götzendienst und Zauberei, Streit, Gehässigkeit, Rivalität, Jähzorn, Geltungsdrang, Uneinigkeit und Spaltungen,

Was uns zusammenhält

Bemüht euch, die Einheit des Geistes zu wahren durch den Frieden, der euch zusammenhält. *Ein* Leib und *ein* Geist, wie euch durch eure Berufung auch *eine* gemeinsame Hoffnung gegeben ist; *ein* Herr, *ein* Glaube, *eine* Taufe, *ein* Gott und Vater aller, der über allem und durch alles und in allem ist.

Epheser 4

Neid, Trunk- und Freßsucht und noch vieles dergleichen. Ich warne euch, wie ich es schon früher getan habe: Wer solche Dinge tut, für den ist kein Platz in Gottes neuer Welt.

Der Geist Gottes dagegen läßt als Frucht eine Fülle von Gutem wachsen, nämlich Liebe, Freude, Frieden, Geduld, Freundlichkeit, Güte, Treue, Nachsicht und Selbstbeherrschung. Wer so lebt, hat das Gesetz nicht gegen sich. Das gilt von allen, die zu Jesus Christus gehören; denn sie haben ihre Selbstsucht mit allen Leidenschaften und Begierden ans Kreuz genagelt.

Wenn nun Gottes Geist von uns Besitz ergriffen hat, dann wollen wir auch aus diesem Geist unser Leben führen.

Galater 5

Gottes Kinder

Alle, die sich von Gottes Geist leiten lassen, sind Gottes Kinder. Ihr müßt euch also nicht mehr vor Gott fürchten. Er hat euch seinen Geist gegeben, und das zeigt euch, daß ihr nicht seine Sklaven, sondern seine Kinder seid. Weil sein Geist in uns lebt, sagen wir zu Gott: »Abba! Vater!« Und Gottes Geist bestätigt unserem Geist, daß wir wirklich Gottes Kinder sind. Wenn wir aber Gottes Kinder sind, dann wird Gott uns auch schenken, was er seinen Kindern versprochen hat. Er will uns das Leben in Herrlichkeit schenken, das er Christus gegeben hat. Wenn wir wirklich mit Christus leiden, dann sollen wir auch seine Herrlichkeit mit ihm teilen.

Römer 8

Einer für den anderen

Es gibt verschiedene Gaben: doch ein und derselbe Geist teilt sie aus. Es gibt verschiedene Dienste; doch ein und derselbe Herr gibt den Auftrag dazu. Es gibt verschiedene Fähigkeiten; doch ein und derselbe Gott schafft sie alle. Was nun der Geist in jedem einzelnen von uns wirkt, das ist zum Nutzen aller bestimmt. Einer erhält vom Geist die Gabe, göttliche Weisheit zu verkünden, der andere, Erkenntnisse Gottes zu vermitteln. Derselbe Geist gibt dem einen besondere Glaubenskraft und dem anderen die Kraft zu heilen. Der Geist ermächtigt den einen, Wunder zu tun; den anderen macht er fähig, Weisungen von Gott zu empfangen. Wieder ein anderer kann unterscheiden, was aus dem Geist Gottes kommt und was nicht. Den einen befähigt der Geist, in unbekannten Sprachen zu reden; einem anderen gibt er die Fähigkeit, das Gesagte zu deuten. Aber das alles bewirkt ein und derselbe Geist. Aus freiem Ermessen gibt er jedem seine besondere Fähigkeit.

1. Korinther 12

Ein Schiff braucht einen Steuermann, der die Richtung bestimmt. Genauso brauchen Christen Gottes Führung durch den Heiligen Geist.

‚Um des Evangeliums willen‘

Paulus konnte nie vergessen, daß er einmal versucht hatte, die Gemeinde zu zerstören. Die Worte, die er auf der Straße nach Damaskus hören mußte: »Ich bin Jesus, den du verfolgst«, klangen ihm noch immer in den Ohren. Doch Gott hatte ihm vergeben. Von diesem Moment an fühlte er sich verpflichtet, allen Völkern die Gute Nachricht zu bringen. Trotz Gefahren und Schwierigkeiten wollte Paulus sich nicht schonen. Er zählte nicht die Kosten, sondern versuchte, jedem gerecht zu werden, damit möglichst viele Menschen gerettet wurden.

Denn wenn ich nur die Gute Nachricht verkünde, habe ich noch keinen Grund, mich zu rühmen. Ich kann gar nicht anders — weh mir, wenn ich sie nicht weitergebe! Wenn ich sie aus eigenem Antrieb verkünden würde, könnte ich dafür einen Lohn erwarten. Aber ich tue es nicht freiwillig, sondern weil ich den Auftrag dazu habe. Worin besteht also mein Lohn? Mein Lohn ist, daß ich die Gute Nachricht ohne Entgelt verbreite und auf das verzichte, was mir dafür zusteht.

Demut

Obwohl ich also frei und von niemand abhängig bin, habe ich mich zum Sklaven aller gemacht, um möglichst viele für Christus zu gewinnen. Wenn ich mit Juden zu tun habe, lebe ich wie ein Jude, um sie zu gewinnen. Ich selbst bin nicht mehr an das Gesetz Moses gebunden; aber wenn ich unter Menschen bin, die noch daran gebunden sind, lebe ich wie sie nach dem Gesetz, um sie für Christus zu gewinnen. Wenn ich dagegen Menschen

Christus in mir

Ich bin mit Christus gekreuzigt worden; nicht mehr ich lebe, sondern Christus lebt in mir. Soweit ich aber jetzt noch in dieser Welt lebe, lebe ich im Glauben an den Sohn Gottes, der mich geliebt und sich für mich hingegeben hat.

Galater 2

gewinnen möchte, die nicht nach dem Gesetz leben, beachte auch ich es nicht. Das bedeutet nicht, daß ich das Gesetz Gottes verwerfe, aber ich bin an das Gesetz Christi gebunden. Wenn ich mit Menschen zu tun habe, deren Glaube noch schwach ist, werde ich wie sie, um sie zu gewinnen. Ich stelle mich allen gleich, um überall wenigstens einige zu retten.

Ansporn

Das alles tue ich für die Gute Nachricht, damit auch ich selbst Anteil an dem bekomme, was sie verspricht.

Ihr wißt doch, daß an einem Wettlauf viele Läufer teilnehmen; aber nur einer bekommt den Preis. Darum lauft so, daß ihr den Preis gewinnt! Jeder, der an einem Wettlauf teilnehmen will, nimmt harte Einschränkungen auf sich. Er tut es für einen Siegeskranz, der verwelkt. Aber auf uns wartet ein Siegeskranz, der niemals verwelkt.

1. Korinther 9

Paulus nahm viele Gefahren und Nöte auf sich, um die Gute Nachricht zu verbreiten. Seine Reiseroute führte ihn auch durch das Taurus-Gebirge, über diesen Paß, das »Zilizische Tor«, ganz in der Nähe seiner Heimatstadt Tarsus.

‚Gott weiss, dass ich euch liebe!'

Die Gemeinden, die Paulus gegründet hatte, waren auf eine sehr reale Weise seine Familie; er litt um sie, als wären es seine eigenen Kinder. Er blieb in engster Verbindung mit ihnen, zum einen durch Briefe, zum andern durch seine jungen Mitarbeiter. Diese schickte er oft, um zu erfahren, wie es den einzelnen Gemeinden ging.

Wo er von Verhältnissen hörte, die nicht in Ordnung waren, wies Paulus die Gemeinden streng zurecht. Doch das kostete ihn selbst eine ganze Menge. Die einzelnen Männer und Frauen in den Gemeinden standen ihm so nahe, daß er bis zur Selbstaufgabe für sie da war. Die Briefe zeigen die Tiefe seiner Empfindungen — seine Freude, wenn die Christen standhaft blieben, seinen Schmerz, wenn es zu Mißverständnissen und Problemen kam. »Gott weiß«, schrieb er den eigensinnigen Korinthern, »daß ich euch liebe.«

Der Kummer . . .

Meine lieben Korinther, ich habe kein Blatt vor den Mund genommen. Ich habe euch mein Herz weit geöffnet. Es stimmt nicht, daß ihr keinen Platz darin habt. Ihr steht nur deshalb draußen, weil ihr euch selbst aussperrt. Ich spreche zu euch als zu meinen Kindern. Begegnet mir so, wie ich euch begegne! Öffnet auch ihr eure Herzen weit!

2. Korinther 6

Gebt mir Raum in euren Herzen! Ich habe doch keinem von euch Unrecht getan. Ich habe keinen zugrunde gerichtet und keinen ausgebeutet. Ich sage das nicht, um euch zu verurteilen. Ich habe euch ja schon gesagt, daß mein Herz für euch weit geöffnet ist. Ihr seid im Leben und im Tod mit mir verbunden. Ich habe volles Vertrauen zu euch und bin sogar stolz auf euch. Trotz aller Not bin ich zuversichtlich und voll überschwenglicher Freude.

Auch als ich nach Mazedonien kam, fand ich keine Ruhe. Von allen Seiten stürmte es auf mich ein: von außen Feinde, von innen Sorgen. Doch Gott, der die Niedergeschlagenen ermutigt, hat mir durch die Ankunft von Titus neuen Mut gegeben. Es war aber nicht nur seine Ankunft — noch viel mehr bedeutet es für mich, daß ihr Titus so ermutigt habt. Er hat mir erzählt, wie gern ihr mich sehen wollt, wie sehr ihr das Vorgefallene bedauert und wie rückhaltlos ihr bereit seid, euch auf meine Seite zu stellen. Das hat mich noch glücklicher gemacht . . .

Ich bin sehr froh, daß ich mich ganz auf euch verlassen kann.

2. Korinther 7

. . . und die Freude

Paulus, Silvanus und Timotheus schreiben diesen Brief an die Gemeinde in Thessalonich, die Gott, dem Vater, und dem Herrn Jesus Christus gehört:

Wir bitten Gott, euch Gnade und Frieden zu schenken!

Jedesmal, wenn wir beten, denken wir an euch und danken Gott, unserem Vater, für euch alle. Wir erinnern uns ständig daran, wie bewährt euer Glaube ist und wie tätig eure Liebe und wie unerschütterlich eure Hoffnung darauf, daß Jesus Christus, unser Herr, kommt. Wir wissen ja auch, Brüder, daß Gott euch liebt und euch dazu erwählt hat, ihm zu gehören. Denn als wir euch die gute Nachricht verkündeten, erwies sie sich unter euch nicht als bloßes Wort. Gott selbst zeigte in ihr seine Macht. Sein heiliger Geist stand uns bei und gab uns Mut und Überzeugungskraft. Ihr wißt ja, wie wir unter euch zu eurem Besten gewirkt haben.

Ihr seid unserem Beispiel gefolgt und damit dem Beispiel unseres Herrn. Obwohl ihr schwere Anfeindungen ertragen mußtet, habt ihr die Botschaft mit der Freude angenommen, die der Geist Gottes schenkt. So seid ihr ein Vorbild für alle Christen in Mazedonien und Achaia geworden. Nicht nur ist die Botschaft unseres Herrn von euch aus dorthin gelangt, sondern es hat sich auch schon überall herumgesprochen, daß ihr euch Gott zugewandt habt.

1. Thessalonicher 1

Wie der Hirte für seine Schafherde, so sorgte Paulus für die jungen Gemeinden, die er gegründet hatte.

Gewinn und Verlust

Die Beziehung, die Paulus zu den Christen in Philippi hatte, war ausgesprochen glücklich; das galt für beide Seiten. Weil die Philipper wußten, daß Paulus keiner Gemeinde die Kosten für seinen Lebensunterhalt aufbürden würde, unterstützten sie ihn auf seiner Reise mit praktischer Hilfe. Ihre Großzügigkeit wog um so mehr, als sie nur wenig besaßen und es sie wirklich etwas kostete, davon abzugeben. Paulus' Brief an die Philipper ist warm und persönlich geschrieben. Freude ist das Schlüsselwort, obwohl er aus der Gefangenschaft schreibt und seiner eventuellen Hinrichtung entgegensieht. Vielleicht war dies der Grund, der ihn dazu bewog, eine Bilanz seines Lebens zu ziehen — Verlust und Gewinn gegeneinander abzuwägen.

Sterben und Leben

Ihr sollt wissen, Brüder, daß meine Gefangenschaft sogar zur Verbreitung der Guten Nachricht beigetragen hat. Die Beamten am Sitz des Statthalters und alle, die meinen Prozeß verfolgt haben, wissen jetzt, daß ich angeklagt bin, weil ich Christus diene . . .

Ich hoffe und erwarte voll Zuversicht, daß Gott mich nicht versagen läßt. Ich vertraue darauf, daß auch jetzt, so wie bisher stets, Christus durch mich groß gemacht wird, ob ich nun am Leben bleibe oder sterbe.

Denn Leben, das ist für mich Christus; darum ist Sterben für mich nur Gewinn. Wenn ich am Leben bleibe, kann ich jedoch noch weiter für Christus wirken. Deshalb weiß ich nicht, was ich wählen soll. Es zieht mich nach beiden Seiten: Ich möchte am liebsten dieses Leben hinter mir lassen und bei Christus sein; das wäre bei weitem das Beste. Aber es ist wichtiger, daß ich noch hier ausharre, weil ihr mich braucht.

Philipper 1

Der Maßstab

Dann macht mich vollends glücklich und habt alle dieselbe Gesinnung, dieselbe Liebe und Eintracht! Verfolgt alle dasselbe Ziel! Handelt nicht aus Selbstsucht oder Eitelkeit! Keiner soll sich über den anderen erheben, sondern ihn mehr achten als sich selbst. Verfolgt nicht eure eigenen Interessen, sondern seht auch auf das, was den anderen nützt. Habt im Umgang miteinander stets vor Augen, was für einen Maßstab Jesus Christus gesetzt hat:

Er war in allem Gott gleich,
und doch hielt er nicht daran fest,
zu sein wie Gott.
Er gab es willig auf
und wurde einem Sklaven gleich.
Er wurde ein Mensch in dieser Welt
und teilte das Leben der Menschen.
Im Gehorsam gegen Gott
erniedrigte er sich so tief,
daß er sogar den Tod auf sich nahm,
ja, den Verbrechertod am Kreuz.
Darum hat Gott ihn auch erhöht
und ihm den Ehrennamen verliehen,
der ihn hoch über alle stellt.
Vor Jesus müssen alle niederknien —
alle, die im Himmel sind,
auf der Erde und unter der Erde;
alle müssen feierlich bekennen:
»Jesus Christus ist der Herr!«
So sollen sie Gott, den Vater, ehren.

Philipper 2

Das Ziel

Aber dies alles, was mir früher als großer Vorzug erschien, habe ich durch Christus als Nachteil und Schaden erkannt. Ich betrachte überhaupt alles andere als Verlust im Vergleich mit dem überwältigenden Gewinn, daß ich Jesus Christus als meinen Herrn kenne. Durch ihn hat für mich alles andere seinen Wert verloren, ja ich halte es für bloßen Dreck. Nur noch Christus besitzt für mich einen Wert. Zu ihm möchte ich um jeden Preis gehören. Deshalb will ich nicht mehr durch die Befolgung des Gesetzes, aufgrund meines eigenen Tuns, vor Gott bestehen, sondern nur noch, indem ich mich an das halte, was er durch Christus für mich getan hat. Darauf allein will ich vertrauen. Ich möchte nichts anderes mehr kennen als Christus, damit ich die Kraft seiner

Auferstehung erfahre, so wie ich auch sein Leiden mit ihm teile. Ich sterbe mit ihm seinen Tod und habe die feste Hoffnung, daß ich auch an seiner Auferstehung teilhaben werde.

Ich meine nicht, daß ich schon vollkommen bin und das Ziel erreicht habe. Ich laufe aber auf das Ziel zu, um es zu ergreifen, nachdem Jesus Christus von mit Besitz ergriffen hat. Ich bilde mir nicht ein, Brüder, daß ich es schon geschafft habe. Aber ich lasse alles hinter mir und sehe nur noch, was vor mir liegt. Ich halte geradewegs auf das Ziel zu, um den Siegespreis zu gewinnen. Dieser Preis ist das neue Leben, zu dem Gott mich durch Jesus Christus berufen hat.
Philipper 3

Mit solchen Silbermünzen — sie stammen aus dem ersten und zweiten Jahrhundert nach Christus — unterstützten die Christen in Philippi Paulus.

‚Hört nicht auf, zu beten!‘

Oft begann Paulus seine Briefe mit einem Gebet. »Gott weiß, daß ich jedesmal an euch denke, wenn ich bete«, schrieb er den Christen in Rom, die er bis jetzt noch nicht getroffen hatte. Wenn er die neuen Christen aufforderte, ständig zu beten, so war das nicht nur ein theoretischer Rat, sondern er war ihnen darin auch ein Vorbild. Paulus betete nicht nur um tägliche Bedürfnisse, sondern auch darum, daß jede Gemeinde Gottes Gaben begriff und festhielt.

Gebet um Weisheit

Weil das so ist und weil ich von eurer Zuwendung zu Jesus, dem Herrn, und eurer Liebe zu allen Christen gehört habe, danke ich Gott unermüdlich für euch. Ich denke immer an euch, wenn ich bete. Und ich bitte den Gott unseres Herrn Jesus Christus, den Vater, dem alle Macht und Hoheit gehört, euch Weisheit zu geben, so daß ihr ihn und seine Weisheit erkennen könnt. Er öffne euch die Augen, damit ihr das Ziel seht, zu dem ihr berufen seid. Er lasse euch erkennen, wie reich er euch beschenken will und zu welcher Herrlichkeit er euch in Gemeinschaft mit seinem ganzen Volk bestimmt hat. Ihr sollt begreifen, wie überwältigend groß die Kraft ist, mit der er in uns, den Glaubenden, wirkt.

Denn es ist dieselbe gewaltige Kraft, mit der er in Christus am Werk war, als er ihn vom Tod erweckte und in der himmlischen Welt an seine rechte Seite setzte.

Epheser 1

Gebet um Kraft

Ich bitte ihn, daß er euch aus dem Reichtum seiner Herrlichkeit beschenkt und euch durch seinen Geist innerlich stark macht. Ich bitte ihn, daß Christus durch das Vertrauen, daß ihr

zu ihm habt, in euch lebt, und das ihr fest in der gegenseitigen Liebe wurzelt und euer ganzes Leben darauf baut. Ich bitte ihn, daß ihr zusammen mit dem ganzen Volk Gottes begreifen lernt, was in Wahrheit das Geheimnis Gottes ist. Ihr sollt erkennen, wie unermeßlich die Liebe ist, die Christus zu uns hat und die alles Begreifen weit übersteigt. Dann wird die ganze göttliche Lebensmacht euch mehr und mehr erfüllen.
Epheser 3

Gebet um Liebe

Er weiß auch, wie sehr ich mich nach euch allen sehne. Ich liebe euch so, wie Jesus Christus euch liebt.

Ich bete zu Gott, daß er euch Einsicht und Urteilsvermögen schenkt, damit eure Liebe immer vollkommener wird. Dann könnt ihr in jeder Lage entscheiden, was das Rechte ist, und werdet an dem Tag, an dem Christus Gericht hält, rein und ohne Fehler dastehen, reich an guten Taten, die Jesus Christus zum Ruhm und zur Ehre Gottes durch euch wirkt.
Philipper 1

Gebet um Standhaftigkeit

Wir bitten Gott, daß er euch durch seinen Geist mit aller Weisheit und Einsicht erfüllt und euch zu erkennen gibt, was sein Wille ist. Dann könnt ihr so leben, wie es dem Herrn Ehre macht, und tut stets, was ihm gefällt. Euer Leben wird als Frucht viele gute Taten hervorbringen, und auch in der Erkenntnis von Gottes Willen werdet ihr immer weiter fortschreiten. Gott möge euch stärken mit seiner ganzen Kraft und göttlichen Macht, damit ihr alles geduldig und standhaft ertragen könnt und ihm, dem Vater, voll Freude dankt. Denn er hat euch befähigt, an der Herrlichkeit teilzuhaben, die er für sein Volk im Reich des Lichtes bereithält.
Kolosser 1

Ein Bauer braucht viel Geduld und Ausdauer, bis die Saat zur Ernte reif ist. So geht es auch einem Christen, der wie Paulus nicht aufhört, zu beten.

Lobt Gott!

In Paulus' Gebeten gehören Bitten und Dank immer zusammen. Was er über das Leben und das richtige Verhalten lehrt, beruht auf den wunderbaren Taten Gottes für uns. Weil Gott so viel für uns tut und uns so reich beschenkt, und weil er seinen Sohn für uns leiden ließ, sollen wir für ihn leben.

Gottes Liebe

Preis und Dank sei Gott, dem Vater unseres Herrn Jesus Christus! Denn durch Christus hat er uns Anteil gegeben an der himmlischen Welt, durch ihn hat er uns mit der ganzen Fülle seiner Gaben beschenkt.

Er liebte uns schon, bevor er die Welt schuf. Für ihn gehörten wir mit Christus zusammen vor aller Zeit. So hat er uns dazu erwählt, sein Volk zu sein und heilig und fehlerlos vor ihm zu stehen.

Aus freiem Willen entschloß er sich, uns als seine Kinder anzunehmen — durch Jesus Christus und im Blick auf ihn, damit wir seine große Güte preisen, seine Gnade, die er uns erwiesen hat durch Christus, seinen geliebten Sohn.

Ihn ließ er sterben zu unserer Rettung. Unsere ganze Schuld hat er uns vergeben, weil Christus sein Blut vergossen hat. So zeigte uns Gott den ganzen Reichtum seiner Gnade; und in seiner Güte schenkte er uns Weisheit und Einsicht, um sein Handeln zu erkennen. Was er von Anfang an gewollt hat, hat er den Seinen jetzt bekanntgemacht: Seit jeher war es seine Absicht, durch Christus alle Zeiten zu vollenden und alles, was im Himmel und auf Erden lebt, zu vereinen unter Christus als dem Haupt.

Durch Christus haben wir Anteil erhalten an dem, was Gott seinem Volk versprochen hat. Dazu hatte Gott, der alles nach seinem Plan und Willen ausführt, uns von Anfang an bestimmt. Wir sollten ein lebendiger Lobpreis seiner Herrlichkeit werden. Das sind wir, wenn wir unsere ganze Hoffnung auf Christus setzen.

Durch ihn habt auch ihr das Wort der Wahrheit gehört: die Gute Nachricht, die euch Rettung bringt — und habt dieses Wort im Glauben angenommen. Durch ihn hat Gott euch den heiligen Geist gegeben, den er seinem Volk versprochen hat, und hat euch damit sein Zeichen aufgedrückt. Dieser Geist bürgt uns dafür, daß wir auch alles andere bekommen werden, was Gott seinem Volk zugesagt hat. Gott will uns die volle Befreiung schenken, durch die wir für immer sein Eigentum werden, damit wir seine große Herrlichkeit preisen.
Epheser 1

Gottes Ehre

Er aber, der durch die Macht, die in uns wirkt, unendlich viel mehr tun kann, als wir erbitten oder uns ausdenken können, er werde verherrlicht durch die Kirche und durch Christus Jesus in allen Generationen, für ewige Zeiten. Amen.

Epheser 3

Gottes Weisheit

Laßt uns Gott danken! Denn er kann euch im Glauben standhaft machen. Das geschieht durch die Gute Nachricht, die ich weitergebe. Sie ist die Botschaft von Jesus Christus und enthüllt das Geheimnis, das seit uralter Zeit verborgen war, jetzt aber ans Licht gekommen ist. Die Schriften der Propheten bezeugen es, und auf Befehl des ewigen Gottes ist es nun allen Völkern bekanntgemacht worden, damit sie die Gute Nachricht annehmen und sich Gott im Gehorsam unterstellen.

Der Gott, der allein weise ist und den wir durch Jesus Christus kennen, sei für immer und ewig gepriesen! Amen.
Römer 16

Was kann uns scheiden von der Liebe Christi? Bedrängnis oder Not oder Verfolgung, Hunger oder Kälte, Gefahr oder Schwert? In der Schrift steht: Um deinetwillen sind wir den ganzen Tag dem Tod ausgesetzt; wir werden behandelt wie Schafe, die man zum Schlachten bestimmt hat. Doch all das überwinden wir durch den, der uns geliebt hat. Denn ich bin gewiß: Weder Tod noch Leben, weder Engel noch Mächte, weder Gegenwärtiges noch Zukünftiges, weder Gewalten der Höhe oder Tiefe noch irgendeine andere Kreatur können uns scheiden von der Liebe Gottes, die in Christus Jesus ist, unserem Herrn.

Römer 8

Paulus wird verhaftet

Anklage und Verhaftung

Nachdem sich der Aufruhr in Ephesus gelegt hatte, rief Paulus die Christen zu sich, ermutigte sie und verabschiedete sich von ihnen. Er reiste durch Griechenland und bestärkte und ermutigte die Gemeinden dort. Da er es nun eilig hatte, um rechtzeitig zum Pfingsttag in Jerusalem zu sein, nahm er ein Schiff, das unterwegs mehrere Häfen anlief. In Milet konnte Paulus ein Treffen mit den Gemeindeleitern aus dem nahegelegenen Ephesus organisieren. Er spürte, daß er sie nicht wiedersehen würde. Gott rief ihn nach Jerusalem, und Paulus wußte nicht, was dort geschehen würde. Seine einzige Sorge war, seine Arbeit zu vollenden, die Gott ihm aufgetragen hatte. Es gab einen bewegten Abschied.

Wenige Wochen später erreichte Paulus Ptolemais an der Küste Israels nahe bei Cäsarea. Dort sagte ihm ein Prophet voraus, daß er gefangengenommen würde, wenn er nach Jerusalem ginge. Viele bekamen Angst um ihn, doch Paulus war entschlossen, zu gehen.

Was der Prophet vorausgesagt hatte, geschah: Paulus wurde gefangengenommen. Einige Juden meinten, Paulus habe das Gesetz gebrochen, indem er Nichtjuden in den Tempelhof mitgenommen habe. Er erschien vor dem Hohen Rat. Man hörte jedoch von einem geplanten Anschlag auf sein Leben, und deshalb brachten ihn Soldaten zu seiner eigenen Sicherheit mit einer Eskorte nach Cäsarea, wo er auf das Urteil des Statthalters Felix warten mußte. Schließlich wurde ihm eine Anhörung gewährt. Paulus begann zu sprechen . . .

»Weil du seit vielen Jahren in diesem Land der oberste Richter bist, gehe ich voll Zuversicht daran, mich zu verteidigen. Wie du leicht nachprüfen kannst, bin ich erst vor zwölf Tagen nach Jerusalem gekommen und wollte dort am Gottesdienst teilnehmen. Niemand hat gesehen, daß ich diskutiert oder die Leute aufgehetzt hätte, weder im Tempel noch in den Synagogen oder sonstwo in der Stadt. Für das, was mir hier vorgeworfen wird, gibt es keinerlei Beweise. Ich bin allerdings ein Anhänger jener neuen Richtung, die sie als Sekte bezeichnen. Aber ich diene nur dem Gott unserer Vorfahren und erkenne alles an, was im Gesetz Moses und in den Prophetenbüchern steht. Ich habe auch genau wie sie die feste Hoffnung, daß die Gestorbenen auferstehen werden, die Guten wie die Bösen. Darum bemühe ich mich auch, immer ein reines Gewissen vor Gott und den Menschen zu haben.

Nach vielen Jahren im Ausland war ich nun nach Jerusalem zurückgekommen. Ich wollte Geldspenden für mein Volk übergeben und Gott Opfer darbringen. Als ich gerade das Reinigungsopfer darbrachte, sahen mich ein paar Juden aus der Provinz Asien im Tempel. Sie sollten eigentlich hier sein und ihre Klage vorbringen, wenn sie mir etwas vorzuwerfen haben. Ich hatte keine Anhänger um mich gesammelt, es gab auch keinen Aufruhr. Du kannst aber auch diese Männer hier fragen, was für ein Vergehen sie mir im Verhör vor dem jüdischen Rat denn nachweisen konnten. Es könnte höchstens der eine Satz sein, den ich dem versammelten Rat zurief: ›Ich stehe vor eurem Gericht, weil ich glaube, daß die Toten auferstehen.‹ «

Felix, der über die christliche Lehre ziemlich genau Bescheid wußte, ließ die Verhandlung abbrechen und sagte: »Der Fall wird entschieden, sobald der Kommandant Lysias aus Jerusalem eintrifft.« Er ließ Paulus wieder abführen, befahl aber dem Offizier, dem Gefangenen einige Erleichterungen zu gewähren. Seine Freunde sollten die Erlaubnis haben, ihn zu versorgen.

Einige Tage später kam Felix mit seiner jüdischen Frau Drusilla in das Gefängnis und ließ Paulus holen; denn er wollte mehr über Jesus und den christlichen Glauben hören. Als aber Paulus zuletzt von einem Leben nach Gottes Geboten, von der Zügelung der Leidenschaften und vom kommenden Gericht Gottes sprach, wurde es Felix unbehaglich, und er sagte: »Es ist gut, du kannst jetzt gehen! Wenn ich wieder Zeit habe, lasse ich dich holen.«

Apostelgeschichte 24

Die Wellen schlugen an den antiken Hafen von Cäsarea, wo Paulus gefangengehalten wurde. Sie schlugen gegen halbzerfallene römische Säulen, die noch heute zu sehen sind.

APPELL AN DEN KAISER

Zwei Jahre gingen vorüber, und Paulus war noch immer Gefangener in Cäsarea. Der neue Statthalter Porzius Festus wollte die Gunst der Juden gewinnen. Diese drängten ihn, Paulus nach Jerusalem zurückbringen zu lassen. Ihr Plan war, ihn auf dem Weg dorthin zu töten. Doch Paulus hatte als römischer Bürger das Recht, seinen Fall an den Kaiser überweisen zu lassen ...

Festus wollte sich bei den Juden beliebt machen und fragte Paulus: »Ist es dir recht, wenn ich den Prozeß nach Jerusalem verlege?« Paulus erwiderte: »Ich stehe hier vor dem kaiserlichen Gericht, das für meinen Fall zuständig ist. Du weißt genau, daß ich mich gegen die Juden in keiner Weise vergangen habe. Wenn ich etwas getan habe, worauf die Todesstrafe steht, bin ich bereit zu sterben. Aber wenn ihre Anklagen falsch sind, darf ich auch nicht an sie ausgeliefert werden. Ich verlange, daß mein Fall vor den Kaiser kommt!«

Festus besprach sich mit seinen Beratern und entschied dann: »Du hast an den Kaiser appelliert, darum sollst du vor den Kaiser gebracht werden.«

Apostelgeschichte 25

Paulus appellierte an den Kaiser Claudius. Daher wurde sein Fall in Rom verhandelt. Das Forum Romanum — mit dem großen Kolosseum im Hintergrund — steht noch heute, ein Zeugnis von der vergangenen Macht des Römischen Reiches.

Sturm und Schiffbruch

Agrippa, der König der Provinz Judäa, begrüßte mit einem offiziellen Besuch den neuen Statthalter. Festus erzählte ihm von dem Gefangenen Paulus. Bis dahin lag immer noch keine eindeutige Anklage gegen ihn vor. Vielleicht konnte der König in dieser Sache zu einer Entscheidung verhelfen. So stand Paulus schließlich vor Agrippa und verteidigte sich auch vor ihm, indem er von seiner Bekehrung und seiner Aufgabe, zu der Gott ihn berufen hatte, erzählte. »Glaubst du etwa, du könntest mich zu einem Christen machen?« fragte der König. »Mein Gebet zu Gott ist, daß du und all die anderen, die mir heute zuhören, eines Tages das werden, was ich bin — abgesehen von diesen Fesseln natürlich«, antwortete Paulus. »Dieser Mann hätte freigelassen werden können«, sagte Agrippa zu Festus, »wenn er nicht Berufung an den Kaiser eingelegt hätte.« So wurde Paulus auf ein Schiff gebracht, das nach Rom segelte.

Als sie Kreta erreichten, war es Anfang Oktober. Das Wetter war schwer vorherzusehen, so daß es vernünftiger gewesen wäre, den Winter auf der Insel zu verbringen. Paulus machte auf die Gefahr aufmerksam, doch die Männer wollten bis zum nächsten Hafen weitersegeln. Lukas, der mit Paulus fuhr, erzählt, was geschah . . .

Als ein leichter Südwind einsetzte, nahm man es für ein günstiges Zeichen. Die Anker wurden gelichtet, und das Schiff segelte so dicht wie möglich an der Küste Kretas entlang. Aber bald brach aus der Richtung der Insel ein Sturm los, der gefürchtete Nordost, und riß das Schiff mit. Da es unmöglich war, Kurs gegen den Wind zu halten, ließen wir uns einfach treiben. Im Schutz der kleinen Insel Kauda war der Sturm etwas weniger heftig, und wir konnten mit einiger Mühe das Beiboot einholen. Danach legte man zur Sicherung ein paar Taue fest um das ganze Schiff. Um nicht in die große Syrte verschlagen zu werden, holten die Seeleute das Hauptsegel ein und ließen das Schiff dahintreiben. Der Sturm setzte dem Schiff stark zu, deshalb warf man am nächsten Tag einen Teil der Ladung ins Meer. Am Tag darauf warfen die Seeleute eigenhändig die Schiffsausrüstung über Bord. Tagelang zeigten sich weder Sonne noch Sterne am Himmel. Der Sturm ließ nicht nach, und so verloren wir am Ende jede Hoffnung auf Rettung.

Niemand wollte mehr etwas essen. Da erhob sich Paulus und sagte: »Ihr hättet auf meine Warnung hören und im Hafen bleiben sollen.

Dann wäre uns dies erspart geblieben. Aber jetzt bitte ich euch: Laßt den Mut nicht sinken! Alle werden am Leben bleiben, nur das Schiff geht verloren. In der vergangenen Nacht erschien mir nämlich ein Engel des Gottes, dem ich gehöre und dem ich diene, und sagte zu mir: ›Hab keine Angst, Paulus! Du mußt vor den Kaiser treten, und auch alle anderen, die mit dir auf dem Schiff sind, wird Gott deinetwegen retten.‹ Also seid mutig, Männer! Ich vertraue Gott, daß alles so kommen wird, wie er es zu mir gesagt hat. Wir werden an einer Insel stranden.«

Wir trieben nun schon die vierzehnte Nacht im Sturm auf dem Mittelmeer. Gegen Mitternacht vermuteten die Seeleute Land in der Nähe. Sie warfen ein Lot aus und kamen auf 36 Meter Wassertiefe. Etwas später waren es nur noch 27 Meter. Sie fürchteten, auf ein Küstenriff aufzulaufen, darum warfen sie vom Heck aus vier Anker aus und wünschten sehnlichst den Tag herbei...

Bei Tagesanbruch sahen die Seeleute eine Küste, die ihnen unbekannt war. Aber sie entdeckten eine Bucht mit einem flachen Strand und wollten versuchen, das Schiff dort auf Grund zu setzen. Sie kappten die Ankertaue, ließen die Anker im Meer zurück und machten zugleich die Steuerruder klar. Dann hißten sie das Vorsegel, und als das Schiff im Wind wieder Fahrt machte, hielten sie auf die Küste zu. Aber sie liefen auf eine Sandbank auf. Der Bug rammte sich so fest ein, daß das Schiff nicht wieder flott zu machen war, und das Hinterdeck zerbrach unter der Wucht der Wellen.

Die Soldaten beschlossen, alle Gefangenen zu töten, damit keiner durch Schwimmen entkommen könne. Aber der Hauptmann wollte Paulus retten und verhinderte es. Alle sollten versuchen, das Land zu erreichen. Auf seinen Befehl sprangen zuerst die Schwimmer über Bord. Die übrigen sollten sich Planken und anderen Wrackteilen anvertrauen. So kamen wir alle unversehrt an Land.

Apostelgeschichte 27

Auf dem Weg nach Rom, wo Paulus vor Gericht erscheinen mußte, lief das Schiff auf eine Sandbank vor der Küste Maltas auf und sank. Es war Paulus zu verdanken, daß niemand ertrank.

Endlich in Rom

Die Sandbank, auf der Paulus' Schiff strandete, lag vor der Küste Maltas. Die Bewohner der Insel begrüßten die Überlebenden und zündeten ein Feuer an, an dem sie sich wärmen konnten. Drei Monate später bestiegen sie ein Schiff aus Alexandria, dessen Besatzung auf der Insel überwintert hatte. So erreichten sie Rom. Zu Paulus' Freude kamen ihm auf der Via Appia Christen entgegen. Nach ihnen hatte er schon so lange Sehnsucht gehabt, und jetzt begleiteten sie ihn die letzten Kilometer.

Nun bekam er zum erstenmal die auf sieben Hügeln gebaute Stadt zu sehen — die herrlichen Gebäude, Villen und Gärten — und die Elendsviertel. Hier wurde eine Million freier Bürger von ebenso vielen Sklaven bedient. Die ganze Nacht ratterten die Pferdekarren über das Kopfsteinpflaster. Tagsüber drängte sich eine große Menschenmenge durch die Straßen. Im Circus Maximus schrien die Massen den Wagenlenkern ihren Applaus entgegen. — Endlich in Rom! Für Paulus war es eine neue Gelegenheit, die Gute Nachricht von Jesus zu verkündigen.

In Rom bekam Paulus die Erlaubnis, sich eine Privatunterkunft zu suchen. Er hatte nur einen Soldaten als Wache.

Nach drei Tagen lud er die führenden Juden der Stadt ein. Als alle beisammen waren, sagte er: »Liebe Brüder! Obwohl ich nichts gegen unser Volk oder das Gesetz unserer Vorfahren getan habe, wurde ich in Jerusalem festgenommen und an die Römer ausgeliefert. Die Römer haben mich verhört und wollten mich freilassen, weil sie keinen Grund fanden, mich zum Tod zu verurteilen. Doch weil die Juden dagegen protestierten, blieb mir nur der Ausweg, an den Kaiser zu appellieren. Ich hatte dabei aber nicht die Absicht, mein Volk anzuklagen. Das wollte ich euch sagen, und darum habe ich euch hergebeten. Ich bin gefangen, weil ich das verkünde, worauf ganz Israel hofft.«

Sie antworteten ihm: »Uns hat niemand aus Judäa über dich geschrieben; es ist auch kein Bruder gekommen, der uns offiziell oder privat etwas Belastendes über dich mitgeteilt hätte. Wir würden aber gern deine Ansichten hören, denn wir haben erfahren, daß die Glaubensrichtung, zu der du gehörst, überall auf Widerspruch stößt.« Sie verabredeten sich für ein andermal.

Am festgesetzten Tag kamen noch mehr von ihnen zu Paulus in seine Unterkunft. Vom Morgen bis in die späte Nacht erklärte und bezeugte er ihnen, daß Gott angefangen hat, seine Herrschaft aufzurichten. Mit Worten aus dem Gesetz Moses und den Schriften der Propheten versuchte er, sie von Jesus zu überzeugen. Einige ließen sich auch überzeugen, andere wollten ihm nicht glauben. Sie konnten sich darüber nicht einig werden, und so gingen sie weg.

Paulus sagte noch zu ihnen: »Ich sehe,

Sehnlicher Wunsch

**Das ist es auch, was mich immer wieder gehindert hat, zu euch zu kommen. Jetzt aber habe ich in diesen Gegenden kein neues Arbeitsfeld mehr. Außerdem habe ich mich seit vielen Jahren danach gesehnt, zu euch zu kommen . . .
Ich bitte euch, meine Brüder, im Namen Jesu Christi, unseres Herrn, und bei der Liebe des Geistes: Steht mir bei, und betet für mich zu Gott, daß ich vor den Ungläubigen in Judäa gerettet werde, daß mein Dienst in Jerusalem von den Heiligen dankbar aufgenommen wird und daß ich, wenn es Gottes Wille ist, voll Freude zu euch kommen kann, um mit euch eine Zeit der Ruhe zu verbringen. Der Gott des Friedens sei mit euch allen! Amen.**

Römer 15

es ist wahr, was der heilige Geist durch den Propheten Jesaja zu euren Vorfahren gesagt hat: ›Geh zu diesem Volk und sage: Hört nur zu, ihr versteht doch nichts; seht hin, soviel ihr wollt, ihr erkennt doch nichts! Denn dieses Volk ist im Innersten verstockt. Sie halten sich die Ohren zu und schließen die Augen, damit sie ja nicht sehen, hören und begreifen. Sonst würden sie zu mir umkehren, und ich könnte sie heilen.‹ «

Paulus fügte hinzu: »Ich muß euch sagen, daß Gott die versprochene Rettung jetzt zu den anderen Völkern geschickt hat. Und die werden hören!«

Zwei Jahre lang blieb Paulus in seiner Wohnung und konnte dort jedermann empfangen. Er sprach offen und ungehindert darüber, wie Gott angefangen hat, seine Herschaft aufzurichten, und lehrte sie alles über Jesus Christus, den Herrn.
Apostelgeschichte 28

Das Leiden Christi teilen

In der Zeit, als Paulus sich bekehrt hatte, hatte Jesus selbst zu Hananias gesagt: »Ich werde ihm zeigen, wieviel er für mich leiden muß.« Jesus bezahlte mit seinem Blut für unsere Vergebung und unseren Frieden. Paulus und die anderen Apostel waren aufgerufen, die Leiden Jesu zu teilen, um so die Gute Nachricht zu allen Menschen zu bringen. »Die Narben an meinem Körper zeigen, daß ich ein Sklave Jesu bin«, schrieb Paulus an die Christen in Galatien.

Ein öffentliches Schauspiel

Aber es sieht so aus, als hätte Gott uns Aposteln den allerletzten Platz angewiesen. Wir stehen da wie Verbrecher, die zum Tod in der Arena verurteilt sind. Ein Schauspiel sind wir für die ganze Welt, für Engel und Menschen. Wir sind um Christi willen unwissend, aber ihr seid durch Christus klug. Wir sind schwach, aber ihr seid stark. Wir sind verachtet, aber ihr seid geehrt. Bis zu diesem Augenblick leiden wir Hunger und

Durst, wir gehen in Lumpen und werden geschlagen, heimatlos ziehen wir von Ort zu Ort. Wir arbeiten hart für unseren Unterhalt. Wir segnen, wenn man uns verflucht; wir ertragen es, wenn man uns verfolgt; wenn man uns beschimpft, antworten wir mit freundlichen Worten. Es ist, als müßten wir den Schmutz der ganzen Welt auf uns nehmen. Wir sind der Auswurf der Menschheit — bis zu dieser Stunde!
1. Korinther 4

Das Böse mit Gutem überwinden

An meiner ganzen Lebensführung soll man mich als Mitarbeiter Gottes erkennen. Das ist meine »Empfehlung«. In seinem Dienst ertrage ich geduldig Sorgen, Nöte und Schwierigkeiten. Ich werde geschlagen und eingesperrt. Man hetzt das Volk gegen mich auf. Ich arbeite mich ab und verzichte auf Schlaf und Nahrung. Als Gottes Mitarbeiter erweise ich mich durch ein einwandfreies Leben, durch die Erkenntnisse, die mir gegeben sind, durch Geduld und Freundlichkeit, ferner zeige ich es durch die Fähigkeiten, die der Geist Gottes schenkt, durch aufrichtige Liebe, durch das Verkünden der Wahrheit und durch die Kraft, die von Gott kommt. Meine Waffe für Angriff und Verteidigung ist, daß ich tue, was vor Gott und Menschen recht ist. Ich werde geehrt und beleidigt. Man redet über mich Schlechtes und Gutes. Die einen halten mich für einen Betrüger, die anderen glauben mir, daß ich es ehrlich meine. Für die einen bin ich undurchschaubar, aber die anderen haben mir ins Herz gesehen. Ich bin ein Sterbender, und trotzdem lebe ich. Ich werde mißhandelt, aber ich komme nicht um. Man macht mir Kummer, und doch bin ich immer fröhlich. Ich bin arm wie ein Bettler, und mache doch viele Menschen reich. Ich besitze nichts und habe doch alles.
2. Korinther 6

In Elend und Gefahr

Fünfmal habe ich von den Juden die neununddreißig Schläge bekommen. Dreimal wurde ich ausgepeitscht, einmal bin ich gesteinigt worden. Ich habe drei Schiffbrüche erlebt; das eine Mal trieb ich eine Nacht und einen Tag auf dem Meer. Auf meinen vielen Reisen haben mich Hochwasser und Räuber bedroht. Juden und Nichtjuden haben mir nachgestellt.

Schwach, aber stark

Besonders schlimm war für Paulus eine chronische körperliche Krankheit. Er bat Gott dreimal, ihn zu heilen, aber Gott nahm ihm seine Schmerzen nicht ab.

Er aber antwortete mir: Meine Gnade genügt dir; denn sie erweist ihre Kraft in der Schwachheit. Viel lieber also will ich mich meiner Schwachheit rühmen, damit die Kraft Christi auf mich herabkommt. Deswegen bejahe ich meine Ohnmacht, alle Mißhandlungen und Nöte, Verfolgungen und Ängste, die ich für Christus ertrage; denn wenn ich schwach bin, dann bin ich stark.

2. Korinther 12

Es gab Gefahren in den Städten und in der Wüste, Gefahren auf hoher See und Gefahren bei falschen Brüdern. Ich habe Mühe und Not durchgestanden. Ich habe oft schlaflose Nächte gehabt; ich bin hungrig und durstig gewesen. Oft habe ich überhaupt nichts zu essen gehabt oder ich habe gefroren, weil ich nicht genug anzuziehen hatte. Ich könnte noch vieles aufzählen; aber ich will nur noch eines nennen: die Sorge um alle Gemeinden, die mir täglich zu schaffen macht. Wenn irgendwo einer schwach ist, bin ich es mit ihm. Und wenn einer an Gott irre wird, trifft es mich tief.
2. Korinther 11

VORFREUDE

Wir wissen nicht, was geschah, als der Fall Paulus vor den Kaiser Nero kam. Sehr wahrscheinlich wurde Paulus freigelassen, und es blieben ihm einige weitere Jahre, um das Evangelium bekanntzumachen und miterleben, wie seine jungen Gemeinden an Standfestigkeit gewannen. — Wenn es sich so ereignet hat, wurde Paulus ein zweitesmal gefangengenommen. Die Überlieferungen stimmen darin überein, daß er in den grausamen Verfolgungen durch Nero ungefähr 64 nach Christus wegen seines Glaubens gestorben ist. In einigen Überlieferungen heißt es, Petrus und Paulus seien am gleichen Tag gestorben, der eine gekreuzigt mit dem Kopf nach unten, der andere, als römischer Bürger, von einem Henker enthauptet. Sicher ist, daß Paulus schon lange mit dem Tod gerechnet hatte. Er hatte sich darauf gefreut, einmal bei Christus zu sein — dies hielt er für das Bessere. Seine Hoffnung darauf war unbeirrt. Er hatte einen guten Kampf gekämpft und bis zum Schluß seinen Glauben bewahrt.

Die Erlösung der Schöpfung

Ich bin überzeugt: Die künftige Herrlichkeit, die Gott für uns bereithält, ist so groß, daß alles, was wir jetzt leiden müssen, in gar keinem Verhältnis dazu steht. Alle Geschöpfe warten sehnsüchtig darauf, daß Gott seine Kinder vor aller Welt mit dieser Herrlichkeit ausstattet. Er hat ja die ganze Schöpfung der Vergänglichkeit preisgegeben, nicht weil sie selbst schuldig geworden war, sondern weil er sie in das Strafgericht über den Menschen miteinbezogen hat. Er hat aber seinen Geschöpfen die Hoffnung gegeben, daß sie eines Tages vom Fluch der Vergänglichkeit erlöst werden. Sie sollen dann nicht mehr Sklaven des Todes sein, sondern am befreiten Leben der Kinder Gottes teilhaben. Wir wissen, daß die ganze Schöpfung bis jetzt noch vor Schmerzen stöhnt, wie eine Frau bei der Geburt. Aber auch wir, denen Gott doch schon als Anfang des neuen Lebens — gleichsam als Anzahlung — seinen Geist geschenkt hat, warten sehnsüchtig darauf, daß Gott uns als seine Kinder bei sich aufnimmt und uns vom Fluch der Vergänglichkeit befreit.

In der Hoffnung ist unsere Rettung schon vollendet — aber nur in der Hoffnung. Wenn wir schon hätten, worauf wir warten, bräuchten wir nicht mehr zu hoffen. Wer hofft denn auf etwas, das schon da ist? Also hoffen wir

auf das, was wir noch nicht sehen, und warten geduldig darauf.

Der Geist Gottes kommt uns dabei zu Hilfe. Wir sind schwach und wissen nicht einmal, wie wir angemessen zu Gott beten sollen. Darum tritt der Geist bei Gott für uns ein mit einem Flehen, das sich nicht in Menschenworten ausdrücken läßt. Aber Gott weiß auch, was der Geist ihm sagen will. Denn der Geist tritt so für das Volk Gottes ein, wie es Gott gefällt.

Wir wissen: Wenn jemand Gott liebt, muß alles dazu beitragen, daß er das Ziel erreicht, zu dem Gott ihn nach seinem Plan berufen hat.

Gott hat alle, die er ausgewählt hat, dazu bestimmt, seinem Sohn gleich zu werden. Denn als der Auferstandene soll er der erste unter vielen Brüdern sein. Alle aber, die Gott im voraus dazu bestimmt hat, die hat er auch berufen. Und wenn er jemand berufen hat, dann sorgt er auch dafür, daß er vor ihm bestehen kann. Und wer vor ihm bestehen kann, dem gibt er Anteil an seiner eigenen Herrlichkeit.

Römer 8

Immer bei Gott sein

Wir glauben, daß Jesus gestorben und auferstanden ist. Ebenso gewiß wird Gott auch die, die im Vertrauen auf Jesus gestorben sind, mit Jesus zusammen zu sich holen.

Ihr könnt ganz ruhig sein: Die, die schon gestorben sind, werden gegenüber uns, die beim Kommen des Herrn noch am Leben sind, nicht benachteiligt sein. Ich kann mich dafür auf ein Wort des Herrn berufen, das besagt: Wenn Gottes Befehl ergeht, der oberste Engel ruft und die himmlische Posaune ertönt, wird der Herr selbst vom Himmel kommen. Zuerst werden dann alle, die im Vertrauen auf ihn gestorben sind, aus dem Grab auferstehen. Danach werden wir, die noch am Leben sind, mit ihnen zusammen auf Wolken dem Herrn entgegengeführt. Dann werden wir für immer beim Herrn sein.

1. Thessalonicher 4

Eine große Zukunft

Wenn auch meine körperlichen Kräfte nachlassen, wird doch das Leben, das Gott mir schenkt, von Tag zu Tag erneuert. Was wir jetzt leiden müssen, dauert nicht lange und ist leicht zu ertragen, wenn wir bedenken, welch unendliche, unvorstellbare Herrlichkeit uns erwartet. Deshalb lassen wir uns von dem, was uns zur Zeit so sichtbar bedrängt, nicht ablenken, sondern wir richten unseren Blick auf Gottes neue Welt, auch wenn sie noch unsichtbar ist. Denn das Sichtbare vergeht, doch das Unsichtbare bleibt ewig.

2. Korinther 4

Denn ich werde nunmehr geopfert, und die Zeit meines Aufbruchs ist nahe. Ich habe den guten Kampf gekämpft, den Lauf vollendet, die Treue gehalten. Schon jetzt liegt für mich der Kranz der Gerechtigkeit bereit, den mir der Herr, der gerechte Richter, an jenem Tag geben wird, aber nicht nur mir, sondern allen, die sehnsüchtig auf sein Erscheinen warten.

2. Timotheus 4